매점 지하 대피자들

매점 지하 대피자들

전예진
장편소설

은행나무

차례

1부

집

*

버스 정거장에 선 선우는 구겨진 손수건처럼 보였다.

선우가 타야 할 버스를 다시금 확인했다. 무릎까지 오는 겨울 야상 주머니에 손을 한껏 집어넣자 안 그래도 좁은 어깨가 더 움츠러들었다. 귀밑까지 오는 곱슬머리가 눈앞으로 흘러내렸다. 그가 늘어진 머리카락을 귀 뒤로 넘겼다.

정거장에는 중년으로 보이는 부부를 비롯해 일곱 사람이 서 있었다. 오후 2시에 버스를 기다리는 사람이 이렇게 많다니. 선우는 애써 무심한 표정을 지으며 정거장 밖으로 한 걸음 물러섰다.

주머니에 든 코스트코 회원권을 더듬었다. 홀로 살며 끼니 대부분을 밖에서 해결하는 선우에게는 회원권이 없었지만, 비슷한 상황의 연우에게는 벌써 5년째 사용 중인 회원권이 있었다.

"급하면 와서 가져가. 식탁에 있을 거야." 선우가 전화로 회원권에 대해 물었을 때 연우는 기다렸다는 듯 대답했다. 연우는 격주마다 식료품이나 영양제, 휴지 같은 물건을 대용량으로 사서 부모가 사는 양평으로 가져갔다.

"엄마 아빠한테 연락 좀 드리고."

연우의 말에 선우는 제대로 된 대답 없이 말을 얼버무렸다.

"무슨 일 있는 거 아니지?" 연우가 물었다.

"아니야, 형. 잘 있어." 선우가 대답했다. "잠도 잘 자고 밥도 잘 먹고."

잘 있기야 했지만, 그 뒷말은 거짓이었다. 선우는 요 며칠 밥을 잘 먹은 적이 없었다. 아니, 제대로 먹을 생각조차 하지 않았다.

선우는 손이 닿는 곳에 '해결사'를 쌓아두고 매트리스 토퍼에 누워 6개월가량을 보낼 예정이었다. 종일 누워 잠만 자는 삶. 중학생 때부터 꿈꾼 일상이었다. 성인이 되고 취업을 하며 그렇게 살 수 없다는 사실을 받아들였지만, 회사 생활이 길어지자 그 꿈이 다시 떠올랐다.

'하루 한 끼 해결사', 줄여서 '해결사'는 하루에 섭취해야 하는 영양소와 열량을 바 하나에 담은 조제 식품이었다. 이론적으로 하루에 하나만 먹어도 건강을 해치지 않았다. 가격이 저렴하지만, 그것조차 아까운 맛으로 유명했다. 마른 짚을 뭉쳐 놓은 듯한 바를 입에 넣으면 곡물이 침을 빨아들여 된죽처럼 되는데 텁텁한 식감에 뒷맛이 쓰고 비릿했다. 구린 맛을 가리겠다고 첨가한 향은 땀내가 풍기는 옷에 탈취제를 뿌린 것처럼 겉돌아 도리어 악영향을 줬다. 초기 국내에서 출시된 '해결사'는 시장에서 완전히 외면당했다. 회사 이름을 걸고 내놓은 주력 상품의 재고가 쌓여 위기에 처한 '주식회사 해결식품'을 구원한 것은 국내에는 잘 알려지지 않은 작은 해외 국가들이었다. 그들은 맛보다는 가격과 소비기한에 우선순위를 두고 '해결사'를 그들의 전투식량으로 선정했다. '해결사'는 곧 국내 판매를 하지 않는 수출 전용 상품이 되었다. 이제 한국에서 '해결사'를 구하려면 코스트코로 가 역수입한 상품을 사야 했다.

면접원 교육이며 보고서 작성 때마다 선우를 괴롭히던 팀장은 그가 퇴사를 말하자 저런 애가 다른 회사는 갈 수 있겠느냐는 말로 팀원을 웃겼다. 선우는 팀장이 했던 말을 되새기며 실소했다. 다른 회사에 간다니. 그는 앞으로 반년간 다른 회사는 커녕 집 밖에도 나가지 않을 생각이었다. 3년간 모아둔 돈과 퇴직금이 있으니 그 정도는 어떻게든 버틸 성싶었다.

중년 부부가 정거장 오른편으로 자리를 옮겼다. 대학교 과잠을 입은 아들이 그 뒤를 뒤따랐다. 부부가 아들의 어깨에 팔을 두르고 손을 다독였다.

통화 후 찾아간 연우의 원룸에서는 익숙한 향이 났다. 본집 거실과 화장실에서 쓰는 방향제가 신발장 위에 놓여 있었다. 지저분하게 널린 옷과 영수증, 생수병 사이에서도 부모가 남긴 흔적은 쉽게 눈에 띄었다. 모니터 앞에는 다육식물이, 혹시나 해서 열어본 냉장고에는 배추김치를 비롯한 반찬과 먹기 좋게 잘린 딸기가 보였다.

"정성스럽네." 선우가 입속말로 중얼거렸다. "누가 보면 자식이 하나뿐인 줄 알겠어."

코스트코 회원권을 챙긴 선우는 쫓기듯 원룸을 나섰다. 엘리베이터에 타서야 뒤축이 구겨진 신발을 고쳐 신었다.

버스 두 대가 연이어 도착했다. 연우 집에서 코스트코로 가는 버스는 텅 비어 있었다. 선우가 창가 쪽 의자에 앉아 얼굴과 손을 녹였다. 야상을 벗자 방향제 냄새가 훅 끼치다 사라졌다.

'해결사'는 코스트코 건강식품 코너의 오른쪽 구석에 있었다. 선우가 마그네슘 영양제를 들여다보는 모녀를 지나 건강식품 코너로 들어갔다. '해결사' 48개들이 박스를 집어들던 주호가 선우를 돌아봤다.

덩치가 크고 수염이 덥수룩한 주호는 무심코 지나치기 어려운 사람이었다. 커다랗고 살이 찐 몸에 비해 머리가 유독 작았고 반 뼘 넘게 기른 수염이 어려 보이는 볼살을 가려 가까스로 제 나이대인 사십대 후반으로 보였다. 진한 향수 냄새가 나는 베이지색 니트가 수북한 수염과 대비되어 조금은 혼란스러운 인상을 줬다.

선우가 주호를 등지고 '해결사' 박스 하나를 꺼냈다. 소비기한은 6년 정도 남아 있었고 가격도 예상한 선이었다. 휴대폰으로 '해결사'의 구매 리뷰를 찾았다. 소량으로 구매할 경우에는 코스트코에서 사든 해외 직구로 사든 가격이 비슷하다고 했다.

반쯤 감긴 주호의 왼쪽 눈꺼풀이 바르르 떨렸다. 한눈에 봐도 선우는 묶음을 소분해 되팔거나 아웃도어 레저 활동을 하려고 '해결사'를 사는 부류와 달랐다. 그가 선우의 어깨 너머로 휴대폰 화면에 뜨는 검색 기록을 엿봤다. '집에 틀어박혀', '방에서만 생활', '칩거 방법', '자발적 칩거', '하루 한 끼 해결사', '해결사 바 가격', '해결사 가격에 비해 맛'…….

주호는 한 달에 한 번 코스트코를 찾았다. '해결사'처럼 이곳에서만 살 수 있는 물건과 쿠팡에서 사기 애매한 상품을 대량으로 사기 위해서였다. 호텔의 잠재 고객은 회원제로 운영되는 코스트코보다는 새벽 편의점, 포장마차, 터미널 근처 모텔과 법률 사무소, 온라인 커뮤니티에서 만날 확률이 높았지만, 코스트코에서도 아주 가끔 눈에 들어오는 사람이 있었다.

주호가 확신에 차 고개를 끄덕였다. 며칠 전 오랜만에 손님을 들인 데 이어 잘하면 올해만 두 번째 손님을 받겠구나.

"그, 이거 왜 사려고 그래요?" 주호가 선우에게 물었다.

"예?"

"맛없는데 이거."

주호가 선우를 보며 히죽 웃었다. 움찔거리는 눈과 더듬는 말이 어딘가 이상한 사람 같다고 선우는 생각했다. 휴대폰 화면으로 시선을 돌린 선우가 화면에 뜬 '해결사' 사진을 내려다봤다. 윤기 하나 없는 모습이 얼핏 스펀지나 건초 같아 보였다.

"그렇게 맛이 없어요?" 선우가 물었다.

주호가 피어나는 웃음을 가리려 고개를 숙였다. 기가 막히게 잠재 고객을 찾아내는 제 능력에 감탄하며, 그가 선우에게 다가섰다.

"머물 데는 있어요?"

"예?"

"우리 가게가, 드물게 숙박도 받거든요." 주호가 더듬거리며 말했다.

"숙박이요?"

주호가 선우에게 귀를 가까이 대라고 손짓하자 선우가 머뭇거리며 고개를 기울였다.

"잘 들어요. 혹시 뭐가 잘 안 되면," 주호가 부드럽게 속삭였다. "적강산 자연휴양림 고라니 매점으로 오면 돼요."

주호는 발음이 좋지 않은데다 말소리도 작아 선우는 그의 말을 대부분 알아듣지 못했다. 그러나 주호가 귓가에 소곤거린 마지막 말만은 또렷하게 들었다. 주호가 떠난 뒤 선우에게 남은 말은 그 네 단어뿐이었다.

'적강산 자연휴양림 고라니 매점.'

세상에 매점 이름을 고라니라고 짓는 곳도 있구나. 선우는 계산대에 '해결사' 한 박스를 올려놓으며 생각했고 집으로 오는 길에는 그마저도 잊었다.

*

'해결사' 박스를 매트리스 토퍼 옆에 둔 채 선우는 칩거를 시작했다. 난방비를 아끼기 위해 보일러를 외출 모드로 유지하자 이불을 덮어도 발이 시렸다. 그는 봄가을에 쓰는 차렵이불에 극세사 이불을 겹쳐 덮고 되도록 이불 밖에 나가지 않았다.

토퍼에 누워 시작한 새로운 일상은 오전 9시 반에 온 전화로 하루 만에 무너졌다. 같은 팀이었던 양 선임은 선우가 전화를 받지 않자 메시지를 보내왔다. 선우는 양 선임의 질문을 항목별로 정리하여 길게 답장했다. 한 시간 뒤 팀장에게 전화가 왔다. 선우는 팀장의 전화 또한 받지 않았다. 팀장은 음성 메시지를 보내 지난달 선우가 한 실수 때문에 회사가 아직도 피해를 보고 있다며 일이 다 해결되기도 전에 회사를 그만둔 그의 태도를 나무랐다. 메시지는 2분가량이었지만, 당장 회사에 나와 일을 하라는 으름장이 대부분이었다.

선우는 회사에 나가면 겪을 일을 알고 있었다. 너는 이렇게라도 불러주는 걸 감사해야 해. 네가 제대로 할 줄 아는 게 뭐가 있다고. 팀장은 선우를 앉혀놓고 다리가 저릴 때까지 온갖 말을 퍼부을 터였다. 선우는 팀장의 메시지에 그럴 수 없다고 답한 뒤 그의 번호와 계정을 차단했다.

그다음날에는 몇 주 전 주문했던 택배가 도착했다. 택배를 들여놓으러 나간 김에 우편함을 보니 그새 우편물도 쌓여 있었다. 선우는 우편물마다 관련 사이트를 찾아 종이 우편 대신 전자 우편을 받을 수 있는지 찾아보다가 연이은 회원가입과 아이디 찾기에 지쳐 그만두었다. 그다음주 월요일에는 낯선 얼굴의 반상회장이 찾아와 자기가 다음 달에 이사하니 반장을 새로 뽑아야 한다고 했다. 선우는 반장을 할 수 없는 이유를 더듬거리며 설명했다. 오늘은 연차를 냈지만, 내일부터는 다시 출근해야 한다고.

방 안은 불을 켜지 않으면 낮에도 어두웠다. 선우는 반상회장이 찾아온 날부터 되도록 불을 켜지 않았다. 오전에는 부엌 창으로 들어온 햇빛이 방까지 드리워 견딜 만했다. 정오가 넘어 방이 어두워지면 불을 켰다가도 집에 있다는 사실을 누군가 알까 두려워 다시 불을 껐다.

수요일에는 가스 검침원에게 전화가 왔다. 선우는 두 번째로 전화가 왔을 때야 통화 연결 버튼을 눌렀다.

"안녕하세요. 가스 검침입니다."

선우가 토퍼에서 일어나 슬그머니 방 불을 껐다.

"아, 저는…… 저희 집은…… 안 받아도 될 것 같아요."

"왜요?" 중저음 목소리의 아주머니가 물었다. "가스 밸브 있잖아요."

가스 검침원은 오늘이 안 되면 내일 다시 오겠노라고 말했다.

"오늘 오세요." 선우가 황급히 대답했다. "지금 됩니다."

잠시 뒤 손바닥만 한 기기를 든 가스 검침원이 찾아왔다. 가스 검침원은 곧장 부엌에 설치한 가스 밸브로 걸어갔다. 선우가 급하게 주워 입은 깔깔이와 회색 추리닝을 내려다봤다. 후줄근한 옷에서 쉰내가 나는 것 같았다. 그가 깔깔이에서 나온 실밥을 떼며 부엌 겸 거실을 둘러봤다. 뜯다 만 택배와 옷가지 사이에 아무렇게나 벗어둔 팬티가 보였다. 그가 팬티를 집어 방에 던졌다.

가스 검침원을 보내고 다시 방에 누웠다. 조금 전 일을 곱씹지 않으려 했지만, 쉽지 않았다. 가스 검침원은 집을 둘러보거나 선우의 옷차림을 훑어보지 않았다. 그녀는 그저 자기가 해야 할 일을 했고 한 사람의 몫을 했다. 선우가 불을 끄고 이불을 뒤집어썼다.

이틀 뒤에 건물주가 화장실을 살펴보겠다고 찾아왔다. 건물주는 선우의 옷차림을 보고 낮에도 집에 있느냐고 물었다. 선우는 모르겠다고 대답했다. 영문을 몰라 하는 건물주의 표정을 보며 선우가 조금씩 말을 덧붙였다. 회사에서 재택근무를 권장하고 있다, 직원을 반으로 나눠서 일주일씩 번갈아가며 재택근무를 해보기로 했다, 잘 안 되면 다시 회사에 나가야 할 수도 있다, 그래서 모른다는 것이지 회사에서 잘렸다거나 회사를 그만둔 것은 아니다, 거짓말이 계속 나왔다. 건물주는 도통 연락을 받지 않는 윗집에 불만을 늘어놓다가 돌아갔다.

좁은 거실과 방 한 칸을 차지하기 위해 책임져야 하는 일이 그렇게 많다는 사실에 선우는 놀랐다. 방문객을 상대하고 공과금을 내고 건물주의 고민을 들어주고 무엇보다 바쁘게 무언가를 하는 사람들을 마주쳐야 했다.

그는 이제 무엇도 견디고 싶지 않았다.

수산나는 선우가 심부름 앱에 글을 올린 지 1분 만에 매칭된 사람이었다. 바로 일을 해줄 수 있느냐고 묻자 30분만 기다려달라는 답이 왔다. 답신이 온 지 정확히 30분 뒤 초인종이 울렸다. 적당한 사람을 구했다는 생각에 선우의 마음이 달떴다. 수산나는 저렴한 심부름비와 다소 이상한 요구 사항에도 불만이 없었고 시간마저 잘 지켰다.

수산나는 초인종을 누른 뒤 현관문에 적힌 호수를 다시 한번 확인했다. 명예퇴직으로 교단을 떠난 후 그녀는 그동안 해오던 봉사 활동의 가짓수와 시간을 늘렸다. 하나뿐인 딸도 결혼으로 집을 떠났고 종일 빈집에서 남편의 퇴근을 기다리자니 집이 너무 조용했다. 봉사 활동이 없는 시간에는 당근마켓이

나 다른 심부름 앱을 들여다봤다. 올라오는 게시글을 읽다 보면 동네에 있는 줄도 몰랐던 사람들이 와글와글 떠드는 목소리가 들리는 것 같았다. 처음에는 다른 사람이 쓴 글을 읽기만 하다가 조금씩 가벼운 심부름에 지원하기 시작했다. 소일거리로 용돈을 버는 일도 즐거웠지만, 동네 이웃을 돕는다는 생각에 보람을 느꼈다. 가벼운 심부름이기만 하면 보수가 없거나 저렴해도 마다하지 않았다. 첫 달에는 급하게 시터를 구하는 싱글 맘에게 힘을 보탰다. 그다음에는 혼자 사는 할머니가 세탁기 수리를 받는 동안 곁을 지켰다. 그날 수산나는 수리가 끝난 뒤에도 할머니와 말동무를 하다가 근처 문화회관에서 하는 연극까지 예매해주었다.

새로 받은 의뢰는 조금 특이했다. 아마 거동이 불편한 노인을 걱정한 자녀가 노인을 도와 집 관리를 해줄 사람을 찾는 것 같았다. 자녀가 있어도 혼자 사는 노인이 많다더니 그런 가정인 듯싶었다. 수산나는 시간에 딱 맞추어 심부름 앱에 적힌 집을 찾았다. 도어록이 열리는 소리를 들으며 하늘색 셔츠와 워싱진 위에 덧입은 밤색 랩코트를 매만졌다. 랩코트는 8년 전 산 옷으로 편안하면서도 우아해 보여 봉사할 때 자주 입었다. 고된 일을 하더라도 어느 정도 품위는 지켜야 한다는 게 그녀의 평소 생각이었다. 아무렴. 그녀가 고개를 끄덕여 자신에게 동의를 표한 뒤 열리는 문을 바라봤다.

문고리를 잡은 선우를 반히 본 채 수산나는 몇 초간 말을 잇지 못했다.

"위시투슬립 님 맞아요?" 수산나가 카랑한 목소리로 물었다.

선우가 고개를 끄덕이고 현관에서 물러섰다. 놀라기는 선우도 마찬가지였다. 부모보다 나이가 많아 보이는 여자가 추위에 조금 붉어진 얼굴로 그를 쳐다보았다. 작은 눈과 동그란 코, 벌어진 입술 사이로 보이는 앞니가 공들인 댐이 무너지는 광경을 본 비버 같았다.

"어르신은 어디 계세요?" 수산나가 부엌 겸 거실과 열린 방문을 두리번거렸다.

"어르신이요?" 선우가 되물었다.

"우편물이랑 택배 들여다놓고 사람 올 때 상대해달라면서요. 어르신 계신 거 아니에요?"

"아니요, 그냥 제가 방에서 안 나오게 해주시면 되는데……."

수산나는 선우가 서너 번 설명한 뒤에야 그의 요청을 완전히 이해했다.

"필요하면 부엌이나 화장실 쓰셔도 되고 궁금한 거 있으면 메시지 주시고요."

"그래요." 수산나가 의문 가득한 표정으로 대답했다. 그날부터 수산나는 오전마다 선우의 집에 들러 택배를 비롯한 우편물을 확인했고 일요일에는 그를 대신해 건물주를 맞이했다. 그사이에 그녀는 선우의 실명을, 선우도 앱에서 쓰는 닉네임인 김수산나가 그녀의 진짜 이름임을 알게 되었다. 그들은 일을 제대로 하기 위해 두 번째 날부터 앱 없이 연락을 주고받았다.

수산나는 사소한 일 하나도 허투루 하지 않는 사람이었다. 선우가 답장하든 하지 않든 그녀는 하루에 처리한 일, 그러니까 택배 몇 개를 집에 들였고 전기세 고지서가 나왔으며 빈 쿠팡 백은 옆집 거 같아서 옆집으로 밀어놓았고 그를 찾는 건물주에게 친구를 만나러 갔다고 둘러댔다는 사실을 알렸다. 알려주지 않아도 된다고 답해도 메시지는 계속 이어졌다.

— 건물 주인이 집에 있으면서 왜 안 나오냐고 자꾸 물어보는데요.

— 근데 뭐라도 먹긴 하는가요?

— 혹시 나쁜 생각 하는 건 아니지요?

— https://youtube.com/당신은사랑받기위해태어난사람

선우는 1월 마지막 주 수산나에게 매칭 중단을 통보했다. 매번 일급을 송금했으므로 따로 정산할 것도 없었다. 집 비밀번호를 바꿨고 그녀의 번호를 차단했다.

건물주가 화장실 누수 공사를 해야 할 것 같은데 한 달만 집을 비워줄 수 있느냐고 물었다. 아랫집 화장실이 난리라고 했다. 공사가 길어지면 두 달도 갈 수 있지만, 최대한 빨리 끝내겠다고 덧붙였다.

선우는 연우의 원룸을 떠올렸다. 걱정 가득한 연우의 얼굴도. 왜, 무슨 일인데? 회사를 그만뒀어? 좀 힘들어도 바로 재취업 자리 알아봐야지 않겠어? 선우가 고개를 저었다. 연우 집

으로 들어가면 며칠이 지나지 않아 새 일자리를 구하게 될 터였다. 이따금 방문할 부모와 마주치기도 껄끄러웠고 무엇보다 성인이 된 후 부모의 모든 요구를 홀로 감당하고 있는 연우에게 짐이 되고 싶지 않았다.

선우가 지쳐 토퍼에 누웠다. 지난 3주간 그랬던 것처럼 이불로 몸을 감싸고 천장을 바라봤다. 도시에서는 진정한 칩거가 불가능했다. 그가 '해결사' 하나를 집어들었다.

'혹시 뭐가 잘 안 되면,'

누군가의 말이 머리를 스쳤다. 선우는 그 말을 한 사람이 누구였는지 바로 떠올리지 못했다. 최근에 본 쇼츠 영상과 인상 깊게 본 드라마, 영화를 되짚었지만, 어디에서도 그런 대사는 나오지 않았다. 어째서인지 '해결사'가 연상되어 군용 식품 먹방을 하는 유튜버의 영상을 틀었다. 영상을 보며 손에 들린 '해결사'의 포장지를 뜯는 순간 코스트코에서 만난 주호의 얼굴이 떠올랐다. 몸에 비해 작은 입, 귀를 대어보라고 손짓하던 손가락, '……고라니 매점.' 부드러운 말소리가 귓가에 울렸다.

인터넷에 고라니 매점을 검색했지만, 별다른 정보가 뜨지 않았다. 주호가 어느 자연휴양림을 언급한 기억은 나는데 그곳이 어디였는지 생각나지 않았다. 선우는 전국에 위치한 휴양림 홈페이지를 찾아 하나씩 클릭했다. 용문산, 중미산, 치악산, 박달재, 적강산.

적강산 자연휴양림 시설 안내도에는 멧돼지, 사슴, 다람쥐를 비롯해 각종 동물 이름을 단 숙박 시설이 적혀 있었지만, 고라니 매점은 없었다. 인터넷에 적강산 고라니 매점을 묶어 검색하자 8년 전 누군가 올린 사진 하나가 떴다. 선우가 사진 아래 적힌 번호로 전화를 걸었다.

전화를 받은 사람은 걸걸한 목소리의 여자였다. 코스트코에서 만난 남자를 찾는다고 하자 여자가 목소리를 높여 주호야, 배주호, 하고 외쳤다. 수화기를 잡은 주호는 선우의 번호를 물은 뒤 곧 매점 전화가 아닌 다른 번호로 연락을 해왔다.

"편하게 배 사장이라고 불러요." 주호가 말했다.

주호는 선우의 사정을 자세히 묻지 않았다. 그저 매점 지하에 위치한 숙박 시설을 설명했다. 자릿세와 더불어 묵는 개월수에 따라 보증금을 내야 하며 이후 음식이나 다른 물건을 살 때 보증금으로 값을 치러도 된다고 했다. 자릿세와 한 달 치 보증금을 합한 금액이 웬만한 고시원 월세보다 저렴했다. 그 외에 다른 기본비는 없으며 타인에게 피해를 주지 않는다면 프라이버시는 완전히 보장되었다.

"조용한가요?"

"그럼요." 선우의 물음에 주호는 단호한 목소리로 대답했다. "쥐 죽은 듯 방에만 있어도 아무도 방해 안 할 겁니다."

선우는 주호와 몇 번의 전화를 더 주고받은 뒤 전셋집과 세간살이를 정리했다.

*

지하철 노선을 두 번 갈아타고 내린 낯선 동네에서 선우는 40분 동안 버스를 기다렸다. 마침내 적강리 마을회관에 도착하자 출발한 지 네 시간이 지나 있었다. 롱패딩 자락을 여미고 걸음을 옮겼다. 적강산 등산로 입구를 찾아 걸었고 주호가 말해준 대로 등산로 대신 북동쪽으로 난 길을 올라갔다. 10여 분을 걷자 버려진 밭 옆으로 갈색 리본이 달린 나무가 보였다. 무릎 위로 자라난 풀과 나뭇가지를 헤치며 산을 탔다. 방향이 헷갈릴 때마다 주변 가지를 살피고 길을 표시한 리본을 따라갔다.

패딩을 입기엔 조금 더운 날씨였다. 산을 반 정도 올랐을 때 선우는 롱패딩을 벗었다. 낙엽이 쌓인 산자락을 올려다보다가 눈을 감고 얼굴을 쓸어내렸다. 고라니 매점으로 가는 길은 생각보다 힘들었다. 이렇게 체력이 좋지 않은 스물아홉이 또 있을까. 그가 스스로를 하찮게 여기며 웃었다. 후들거리는 다리, 옷과 피부에 밴 땀내, 롱패딩을 입고 산을 오르려 한 무지가 한심했다. 주말마다 등산한다던 전 직장 동료와 이십대 후반에 에베레스트 등반에 도전했다는 어느 사업가를 떠올렸다. 그들과 자신을 비교하며 배낭과 패딩을 집어들었고 다시 걸음을 뗐다. 스스로를 비난하는 데 열중하느라 근육의 통증이나 풀에 쓸리는 손등의 감각마저 느끼지 못하게 되었을 때 희미한 라디오 소리가 들렸다. 선우가 갈색 리본을 따라 걸음을 서둘렀다.

소리가 점점 가까워지더니 나무 사이로 자갈 깔린 주차장이 나타났다. 선우가 선 숲과 주차장 사이에는 꽤 깊은 계곡이 있었는데 물 대신 흙과 각진 돌이 깔려 있었다. 선우가 몸을 낮추고 주차장에 세워진 차와 주변 풍경을 살폈다.

버스 네 대가 들어갈 크기의 주차장은 왼쪽에 놓인 도로와 무인 매표소를 제외하면 온통 산에 둘러싸인 모양새였다. 주차된 차는 두 대뿐이었는데 그도 그럴 것이 주변에 오갈 만한 장소가 많지 않았다. 오른쪽 언덕에 있는 1.5층짜리 산장은 다람쥐의 집이라 이름 붙여진 숙소로, 붉은 박공지붕을 올린 집이었는데 꽤 높이 있어서 그쪽으로 가기 위해서는 주차장에서 산장 뒷길로 이어지는 나무 계단을 올라야 했다.

고라니 매점은 그보다 훨씬 아래, 주차장 가장자리이자 계곡과 붙은 낭떠러지에 위치했다. 통나무 외벽에 녹색 지붕을 얹은, 투박한 상점은 계곡으로 내려가는 바깥 계단 때문에 벼랑에 매달린 고목처럼 보였다.

선우가 나무 가까이 걸어가 반쯤 열린 매점 뒷문과 그 옆에 펼쳐진 건조대를 바라봤다. 건조대에 걸린 수건과 양말, 통이 넓은 바지가 바람에 흔들렸다. 매점에서 40미터 정도 떨어진 오른쪽 텃밭은 잡초 하나 없이 깔끔했고 밭갈이를 끝내고 이랑까지 만들어둔 상태였다. 텃밭 구석에 놓인 작은 집 모양 창고가 고즈넉한 분위기를 냈다.

어쩌면 잘 왔는지 몰라. 온갖 잘못을 끄집어내던 선우의 머릿속 목소리가 입을 다물었다. 그가 비탈을 내려갔다. 발이 미끄러져 비탈에 주저앉은 뒤에는 엉덩이와 허벅지로 흙을 뭉개며 나아갔다. 계곡을 건넜고 매점으로 가는 계단을 두 단씩 뛰어올랐다. 매점에 다다르니 라디오 소리가 한층 선명해졌다. 선우가 숨을 몰아쉬며 주호가 말한 소쩍새 영상을 틀었다. 소쩍새 소리를 낸 지 10여 초 만에 뒷문이 활짝 열렸다.

주호는 한 번에 선우를 알아보았다. 평소보다 일찍 일어나느라 네 시간밖에 자지 못했지만, 피로를 느끼지 못할 정도로 마음이 들떴다. 주호가 환한 미소로 올해의 두 번째 손님을 맞이했다.

"어서 와요." 주호가 목소리를 낮춰 말하고는 손짓으로 이런 저런 신호를 보냈다. 선우가 알아듣지 못하고 서 있자 이번에는 몸을 기울여 속삭였다. "안에 은희 씨 계시니까 조용히 들어갑시다.”

“은희 씨요?” 선우가 물었다.

주호가 입술에 손을 갖다대고 매점 안을 흘깃거렸다. 선우가 주호의 오케이 사인을 기다렸다가 매점으로 들어갔다.

고라니 매점은 가벽을 중심으로 세 곳으로 나뉘었다. 가벽 앞의 넓은 공간은 매점 홀과 주방으로, 뒤의 좁은 공간은 철제 선반을 놓아 창고로 썼다. 주방과 창고 사이에는 문짝을 떼어 놓은 문틀이 있어 번거로움 없이 두 장소를 오갈 수 있었다.

가벽 옆, 그러니까 주방과 창고 맞은편에는 2평 남짓한 방 두 개가 자리했다. 창고 맞은편에 하나, 주방 맞은편에 다른 하나가 있어 문틀을 사이에 두고 방 두 개가 나란히 놓인 모양새였다. 두 방 모두 문턱이 정강이까지 올라와 있어 방에 들어가려면 계단을 오르듯 다리를 구부려야 했다.

주호를 따라 매점 뒷문으로 들어선 선우가 창고를 두리번거렸다. 철제 선반에 무질서하게 놓인 음료수, 라면, 냅킨 박스, 빨간 대야와 소쿠리, 양은 냄비가 눈에 들어왔다. 선우가 주방으로 고개를 돌렸다. 가벽에 가려 보이지 않는 주방 안쪽에서 라디오 소리와 그릇이 부딪는 소리가 흘러나왔다. 싱크대에선 누군가 콧노래를 흥얼거렸다. 선우가 문틀 앞으로 다가섰다. 주방 너머에 가로로 둔 책장이 보였다. 카운터 역할을 하는 책장 위에는 주전자, 두 줄로 쌓인 플라스틱 컵이 놓여 있었다.

“저기요.”

소곤대는 소리에 선우가 주호를 돌아봤다. 창고 바닥 문이 열려 있었다. 선우가 지하실로 난 계단을 내려갔다. 주호가 그를 뒤따르며 문을 닫았다.

계단 끝으로 내려가자 정면에 보이는 벽과 오른쪽 박스 더미가 선우를 막아섰다.

“아이고, 반갑습니다.” 주호가 선우의 어깨를 감싸고 박스 옆 좁은 통로로 그를 밀어넣었다. 박스 더미를 지나자 14평 남짓한 공간이 나타났다. 선우가 입을 벌린 채 지하실을 바라봤다. 매점 지하보다는 낯선 외국어 이름이 붙은 카페나 바가 어울리는 장소였다. 계단 밑 창고와 그 앞에 놓인 기역자 카운터는 모두 월넛 무늬를 띠었고 벽에는 무늬가 흐릿한 빈티지 벽지가 발려 있었다. 홀에는 타원형 테이블 두 개가 놓였는데 입구와 가까운 테이블은 다섯 명이 앉을 정도로 컸고 안쪽 테이블은 그보다 작았다. 테이블과 의자는 모두 검은 천으로 덮여 잘 보이지 않았다.

주호가 기역자 카운터 문을 열고 안으로 들어갔다.

“우리 전화로 얘기했었죠?” 주호가 물었다. “배 사장이라고 합니다.”

선우가 어색하게 고개를 숙였다. 다시 만난 주호는 코스트코에서 봤을 때와 다른 사람 같았다. 품이 넉넉한 티셔츠를 입은 모습이 편안하고 여유로워 보였고 여전히 어눌한 말투에도 어딘가 노련하고 신중한 인상을 풍겼다.

"차 한 잔 드릴 테니까 편하게 둘러보세요."

선우가 누울 곳을 찾아 테이블과 지하실 곳곳을 살폈다. 계단과 카운터를 등지고 서자 벽에 걸린 영화 카사블랑카 포스터와 온도계가 보였다. 포스터 아래에는 24인치 모니터와 DVD 플레이어, 왼쪽 구석에는 화장실, 오른쪽 구석에는 책꽂이가 있었지만, 객실이 될 만한 공간이나 객실로 나가는 문은 보이지 않았다. 얼핏 마루로 보이던 바닥은 월넛 무늬를 한 장판이었고 문처럼 보이는 틈도 없었다.

주호가 티백이 든 찻잔을 카운터에 내려놓고 뜨거운 물을 따랐다.

"나쁘지 않죠?" 주호가 묻고 스스로 대답했다. "나쁘지 않아요."

선우가 입속말을 삼키며 주호에게 다가갔다.

"침낭이나 텐트 가져왔어요?" 주호가 선우의 짐을 살폈다. "하나 살래요? 있는 게 좋은데."

선우가 손에 든 롱패딩을 부산스럽게 펼쳤다.

"뭐 지내다가 필요하면 사도 되고." 주호가 중얼거렸다.

그새 땀이 마른 등과 팔이 사늘했다. 선우가 패딩을 입으며 온도계를 돌아봤다. 아날로그 온도계는 18도를 가리키고 있었다. 왜 이렇게 춥지. 그가 찻잔에 손을 녹이며 생각했다. 온도계 옆, 붉은색 포스터의 남녀가 애절한 눈빛으로 서로를 바라봤다. 날씨와 영 어울리지 않는 포스터였다.

주호가 선우의 시선을 좇아 온도계와 포스터를 쳐다봤다.

"아, 포스터는 이제, 한번 들춰볼래요?"

선우가 주호의 손짓을 따라 벽으로 걸어갔다. 포스터 아래쪽을 들추자 벽에 붙은 납작한 등이 드러났다.

"누가 지하실 문 근처에 서 있으면 거기 초록 불이 들어와요. 보통은 제가 여기 있으니까 괜찮은데 혹시 없으면 저렇게 테이블에 천을 덮고 그 안에 들어가서 숨으면 돼요."

선우가 천으로 덮인 타원형 테이블과 의자를 쳐다봤다.

"숨어요? 테이블 밑에요?"

"근데 그럴 일은 거의 없어요, 제가 늘 여기 있으니까. 은희 씨도 여긴 잘 안 들어오시고."

"1층에 계신 분이 은희 씨세요?"

"아, 저희 어머니예요." 주호가 대답했다. "위에서 매점 하시는데 여기서 숙박업 하는 건 모르시니까 절대 들키면 안 됩니다. 아시면 큰일 나요."

"왜요?"

"그, 여기가 가격이 저렴하잖아요? 근데 주변에 알려지면 좀 곤란한 점이 있거든요." 주호가 수염 사이로 손을 넣어 턱을 긁었다. "문을 닫아야 할지도 모르고. 그러면 저도 전데, 당장 갈 곳 없는 손님들도 난감해지니까요."

"아." 선우가 마른 입술을 깨물었다. 섣부른 질문으로 주호를 곤란하게 한 것 같아 마음이 괴로웠다. 그가 서둘러 분위기를 바꿀 방법을 생각했다. "지하실이 참 멋있네요."

"그렇죠? 돈 많이 들였어요." 주호가 드물게 뿌듯한 얼굴을 내보였다. "원래는 지하실이래도 거의 버려진 공간이었거든요. 화장실 설비 빼고는 다 내가 한 거예요. 하루면 끝낼 일을 일주일 걸려서 하고 또 엎고, 완성하기까지 2년 걸렸어요. 그래도 그때 전력관이랑 배수관, 뭐 땅에 있는 온갖 관들은 다 표시해뒀는데 그게 굴 팔 때 도움이 되데요."

"굴이요?" 선우가 물었다.

"원래는 지금처럼 깊지 않고 그냥 빈 장독대 몇 개만 있었어요. 처음 발견했을 땐 막을까 하다가 생각해보니까 더울 때 누워 있으면 시원하니 좋겠더라고요. 여차하면 벙커로 써도 좋고. 지하실 인테리어하면서 굴도 조금씩 더 파다가, 이렇게 됐죠."

"혹시 숙소가……."

"이제, 여기는 라운지고요. 호텔 라운지처럼 간단히 식사하거나 그냥 아무것도 안 하고 있어도 상관없어요. 숙소도 우리는 호텔이라고 부르는데, 그만큼 좋진 않더라도 말이라도 그렇게 하면 기분이 좋잖아요." 주호가 짝눈을 찡그러트리며 웃었다.

선우가 질문할 기회를 엿보며 빈 찻잔을 내려놓았다.

"또 뭘 말해야 하지? 새로운 손님이 오랜만이라 가물가물하네요." 주호가 잔을 치우고는 카운터 아래를 뒤적였다. "규칙

몇 개가 있는데요. 첫째는 아까 말씀드린 대로 은희 씨한테 들키면 안 되고, 둘째로 여기도 엄연한 대한민국이고 법치국가니까 애먼 짓 하지 말고요."

"이건 뭐예요?" 선우가 주호가 내놓은 잡동사니를 내려다봤다.

"이게 인제 기본으로 드리는 어메니티인데요. 보시면 생수, 헤드랜턴, 야전삽이 있고," 주호가 선우 쪽으로 물건을 밀어놓고 다른 물건을 한아름 꺼냈다. "우비랑 영양제, 이렇게는 사는 게 좋아요. 특히 비타민 D랑 루테인 정도는 필수고요. 같이 줄까요?"

선우가 얼결에 고개를 끄덕였다.

"필요하면 정이랑 망치도 빌려주는데 대여비는 별도고 라운지 문 닫을 때 반납해야 해요. 예전엔 다 드렸는데……. 하여튼 그렇고요. 이게 아까 말한 파이프 지도예요." 주호가 색이 다른 선 여러 개가 그어진 종이를 꺼내 들었다. "파이프 터트리지 않도록 잘 피해서 파시고."

"파요? 굴을 직접 판다고요?"

"그럼요." 주호가 눈을 크게 뜨고 선우를 쳐다보았다.

선우는 카운터에 쌓인 물건을 멍하니 본 채 말을 잇지 못했다. 다시 생각해보겠다거나 이곳에 묵지 않겠다고 하기에는 너무 멀리 온 것 같았다. 굴이라니 무슨 소리냐고 따지고 싶었지만, 그러자니 자신을 맞이하고 차를 내어주고 호텔을 소개

하고 물건까지 한바탕 꺼내준 주호의 수고를 배신하는 기분이 들었다.

“라운지는 오후 6시부터 새벽 6시까지 여는데, 미리 말한 대로 술이나 담배는 안 팔고요. 볼일은 밤에 땅 위로 올라가서 보는 손님도 있지만, 이왕이면 여기서 보는 게 좋아요. 밖에 나갔다가 들키면 나도 책임 못 집니다. 샤워 시설은 없고요. 아, 주변에 연락은 다 돌리고 왔죠?”

“예, 딱히 연락 올 곳도 없어서…….” 선우가 바지 주머니에 든 휴대폰을 만지작거렸다.

“에이, 나만 하겠어요?” 주호가 과장되게 웃었다.

“예?” 선우가 바로 대답하지 못하다가 서둘러 덧붙였다. “아니, 그게 아니라…….”

“누가 실종 신고라도 하면 곤란하니까 하는 말이에요.”

주호가 뒤로 돌아 계단 밑 창고를 열었다. 실온 보관이 가능한 음식물과 캠핑용품이 선반에 가지런히 쌓였고 천장이 높은 왼쪽 벽에는 번호 키가 달린 철제 보관함이 줄지어 놓여 있었다. 선우가 보관함 문을 연 채 자신을 기다리는 주호를 초조하게 바라보다가 카운터를 지나 창고로 들어갔다. 전원을 끈 휴대폰과 다른 귀중품을 보관함에 넣고 비밀번호를 입력하니 보관함이 소리를 내며 잠겼다.

선우가 다시 카운터 밖으로 나가자 주호가 굴 만드는 팁을 몇 가지 알려주었다. 특히 숨구멍의 중요성을 강조했는데, 땅

위에서 볼 때 알아보기 어렵고 공기는 잘 통하지만 비는 들어오지 않는 형태여야 한다고 했다. 주호가 그림을 그려가며 적당한 예시를 소개했다.

"그리고 이제, 파낸 흙이랑 돌은 라운지로 가져오면 처음 몇 번에 한해 '해결사'를 서비스로 드립니다."

마지막 안내를 끝낸 주호가 선우를 지그시 바라봤다.

"저, 근데……." 마침내 온 기회에 선우가 입을 열었다. "그러니까……."

"보증금이요?" 주호가 물었다. "나는 신경쓰지 말고, 편한 대로 하면 돼요. 이게 사실 담보라기보다는 여기서 물건 살 때마다 번거롭지 말라고 하는 거예요. 돈 갖고 있다가 잃어버리면 마음이 안 좋으니까."

"아," 선우가 하려던 말을 삼키고 패딩 주머니에서 현금을 꺼냈다. 한 달 치만 먼저 내려고 했는데 봉투 속 현금이 너무 적나라하게 보여 준비해온 6개월 치 보증금을 모두 내놓았다.

"그래도요." 주호가 느릿하고 분명한 발음으로 말했다. "여기서는 마음껏 할 수 있을 거예요."

"예? 뭘요?" 선우가 물었다.

"뭐든, 선우 씨 하고 싶은 거요."

주호가 손을 털고 카운터 밖으로 나갔다. 선우는 제자리에 선 채, 테이블을 지나 책꽂이로 걸어가는 주호를 지켜보았다.

"그럼 가볼까요."

책꽂이 아래 숨겨진 장치를 밟은 주호가 서가를 밀자 벽처럼 생긴 문이 나타났다. 선우가 생수를 비롯한 물건을 배낭에 쓸어 담고 주호에게 다가섰다. 주호가 배낭에서 헤드랜턴을 꺼내 선우에게 씌우고 손에는 지도와 삽을 쥐여주었다. 벽지와 같은 무늬를 띤 문에서 한기가 흘러나왔다. 선우가 가방을 잠그고 패딩 지퍼를 목까지 올렸다.

주호가 잠금장치를 풀고 문을 열었다.

"고라니 호텔에 온 걸 환영합니다."

문 너머에 양옆으로 펼쳐진 토굴이 보였다. 선우가 문 앞 계단참으로 나가 양옆을 돌아봤다. 어둠에 잠긴 계단이 위아래로 이어졌다. 책꽂이 뒤에 숨겨진 문은 깊어지는 굴 가운데에 있었다.

지하실에서 나온 빛과 두 사람의 그림자가 굴 벽과 계단에 드리웠다.

"계단 내려가면 터널이 나올 거예요. 어쩌다 주인 없는 방도 있으니까 잘 골라봐요." 주호가 선우에게 눈을 찡긋했다. "행운을 빕니다."

2부

굴

*

문이 닫히자 굴은 온통 암흑이었다. 몇 초간 선우는 몸을 움직이지 못했다. 오스스한 바람이 귀를 스치고 젖은 바닥에 물이 떨어졌다. 천장에 뚫린 숨구멍은 공기만 들일 뿐 빛을 들이지 않았다. 물방울 하나가 머리에 툭 떨어졌다. 선우가 황급히 고개를 숙여 정수리와 헤드랜턴을 더듬었다. 랜턴을 켜고 주위를 살피자 끝이 보이지 않는 계단만 눈에 들어왔다.

선우가 크게 숨을 들이쉬고 발을 내디뎠다. 메아리치는 발소리가 낯선 사람처럼 그를 쫓았다. 누군가 나타나 머리를 내려치거나 팔을 잡으면 어떡하지. 걱정이 꼬리를 물었다. 영원히 계속될 듯하던 계단이 끝을 보이고 높이와 폭이 더 낮고 좁은 통로가 나타났다. 주호가 서면 양팔을 다 뻗기 어려운 너비였지만, 선우가 들어서니 손바닥을 벽에 댔을 때 팔꿈치를 거의 다 펼 수 있을 만큼 여유가 있었다. 주호의 표현대로 정말 터널 같은 공간이었다.

선우가 헤드랜턴을 고쳐 쓰고 파이프 지도를 확인했다. 지도에는 선 여러 개와 작고 생소한 단어가 적혀 있었는데 몇 번을 보아도 지금 선 곳이 어디인지, 어디를 파고 파지 말아야 하는지 알기 어려웠다. 머리만 앞으로 내밀어 터널 깊은 곳을 살폈다. 눈을 가늘게 뜨고 봐도 끝이 보이지 않았다. 머뭇거리며 앞으로 나아가자 열몇 걸음 만에 갈림길이 나타났다. 왼쪽 길로 들어가 조금 더 걷자 또 다른 갈림길이 나왔고 그중 하나를 선택하자 막다른 길이었다. 지나온 길을 되짚어 다른 길을 찾았다. 터널은 구불구불했고 갈림길과 막다른 곳이 많아 단번에 길을 파악하기 어려웠다. 같은 길을 몇 번이고 오가던 선우는 이내 허벅지 높이에 난 자그마한 구멍을 발견했다. 윗부분의 단단한 벽과 달리 구멍 주변의 흙은 부드러워 파기 좋았다. 구멍은 터널 곳곳에 퍼져 있었는데 단단한 돌에 뚫린 구멍이 아니라 메운 흙이 흘러내려 생긴 틈에 가까웠다.

터널 아래쪽을 두리번거리며 걷던 선우가 목과 다리에 피로를 느끼고 쭈그려 앉았다. 패딩이 스치는 소리가 멎자 어디선가 어렴풋한 말소리가 들려왔다. 선우가 소리를 따라 오른쪽 구멍으로 고개를 숙였다. 귀를 구멍 가까이 대니 소리가 한층 분명하게 들렸다. 한 사람이 쉬지 않고 말을 잇는다 싶었는데 가만 들어보니 녹음된 라디오 소리였다. 선우가 조심스럽게 일어나 다시 걸음을 옮겼다. 다섯 걸음마다 멈춰 주변이 조용해질 때까지 기다렸다. 멈춰 설 때마다 라디오 소리는 가늘게, 그보다 더 작게, 입술을 떼는 소리처럼 들려오다가 어느 순간 들리지 않았다.

그곳에서 선우는 첫 굴을 팠다. 라디오 듣는 사람을 방해하고 싶지 않았지만, 그와 너무 멀어지고 싶지도 않았다. 야전삽으로 무른 흙을 살살 긁어 네발걸음으로 들어갈 만한 구멍을 만들었다. 바지 주머니에 지도를 넣고 롱패딩을 벗었다. 배낭을 앞으로 메고 가방과 배 사이에 패딩을 끼워넣은 다음 가방끈을 최소로 줄여 단단히 고정시켰다. 마치 그가 파길 기다린 것처럼 딱 기어갈 너비만큼 무른 흙이 차 있었다. 선우가 삽을 내두르다 이내 집어넣었다. 배낭을 바닥에 대고 수영하듯 팔을 움직이니 흙이 한층 수월하게 밀렸다.

무른 흙을 따라 곡선형으로 길을 파며 나아갔다. 파낸 흙이 눈꺼풀과 볼로, 어깨와 등으로 튀었다. 몇 분이 지나자 배낭 때문에 아래로 쏠린 어깨와 허리가 저렸다. 흙이 달라붙은 손바닥과 눈꺼풀도 따갑고 간지러웠다.

어린 시절 선우는 주변 어른에게 인내심 많은 아이라는 말을 들었다. 부모는 그의 인내심이 빛을 발하기를 기다렸다. 같은 나이였을 때의 만이보다, 심지어는 다른 또래보다 행동도 굼뜨고 성취도 또한 낮았지만, 그래도 곧 진가를 보여주리라

믿었다. 그러나 시간이 지나도 아이는 달라지지 않았다. 무슨 일이든 도무지 한 번에 해내지 못했다. 부모는 조급한 마음에 삼키던 말을 뱉었다. 효과가 있었다. 시키고 다그치자 아이는 그들의 바람을 어떻게든 좇아오는 듯 보였다. 그러다 아이가 인내심을 다른 쪽으로 발휘하기 시작했다. 그는 부모의 말을 듣고 또 듣고는 아무것도 하지 않았다. 중요한 시기를 모두 놓치고 뒤처졌다.

선우는 누군가 장점을 물으면 늘 인내심을 꼽았다. 저는 잘 견디고 그만두지 않습니다. 경청하는 태도를 가지고 있습니다.

눈앞의 흙벽이 반대쪽으로 무너졌다. 선우가 무너진 흙을 헤치고 조심스럽게 나아갔다. 파온 길 너머에 누군가 만든 굴이 있었다. 선우의 헤드랜턴에서 나온 빛이 굴에 놓인 이끼와 종이 박스를 비췄다. 1미터보다 조금 높은 굴에는 작은 베이지색 텐트, 색과 크기가 다른 이끼, 직사각형으로 자른 종이 박스가 마치 집과 정원 화초, 디딤돌처럼 놓여 있었다. 텐트 안에 누군가의 검은 실루엣이 보였다. "뭐야……." 아주 오랫동안 말하지 않은 듯한 사람의 목소리가 들렸다. 텐트 안 그림자가 몸을 일으켜 머리만 한 뭔가를 집어들었다. 그러고는 다른 손으로 텐트 지퍼를 열었다. 한 뼘 정도 올라간 지퍼가 천에 걸려 더 움직이지 않자 텐트에 몸을 붙이고 지퍼 손잡이를 잡아 올렸다. 콧김을 내뱉으며 텐트 입구에 매달린 모습이 지퍼가 열리기만 하면 당장이라도 상대를 찢어발기려는 짐승 같았다.

선우가 커지는 그림자와 텐트 밖에 놓인 시퍼런 호미, 세발괭이를 등지고 굴을 기어 나갔다.

엉덩이 뒤에서 텐트 지퍼가 내려가는 소리가 들렸다. 누군가 굴을 기는 소리와 낯선 숨소리가 나더니 점점 가까워졌다. 흙더미를 헤치며 속도를 높였다. 콧구멍과 입술 사이에 흙이 붙고 눈물이 고여 앞이 잘 보이지 않았다. 마음처럼 따라주지 않는 팔다리를 움직이며 한참을 달리듯 기었다. 뒤를 쫓던 소리가 멎고 그 자리를 메우듯 어디선가 희미한 지린내가 났다. 손으로 코를 막자 손에 묻은 흙이 코로 옮겨 붙었다. 손을 떼고 머리를 흔들었다. 냄새를 피해 굴을 더 팠지만, 걸음을 옮길수록 지린내는 점점 심해졌다. 뭔가 잘못되었다고 느껴 동작을 멈춘 순간 동그랗고 자그마한 굴이 나타났다.

선우가 지독한 악취에 놀라 물러섰다. 굴에는 텐트도 이렇다 할 세간살이도 없었다. 숨을 참고 구멍 가까이 다가가 굴 구석을 비췄다. 안쪽 가장자리에 놓인 낡은 운동화와 그중 한 짝을 쥔 손가락이 보였다. 선우는 고개를 들어 운동화 옆에 웅크린 사람을 비췄다.

뼈마디가 보일 정도로 마른 노인이 빛을 피해 눈을 찡그렸다. 얼굴에는 마른 흙이 붙었고 벌어진 입 사이로 보이는 이는 썩거나 깨져 성한 것이 몇 없었다. 몸에 걸친 연갈색 이불 밖으로 운동화와 무딘 식칼을 든 손이 힘없이 늘어져 있었다.

"제발 좀 내버려둬." 그녀가 쉰 목소리로 말했다.

선우가 사과의 말을 더듬거리며 뒤로 기어갔다. 몸을 돌리려 했지만 파고 들어온 굴이 좁아 그럴 수가 없었다. 그가 빠르게 뒷걸음질치다 시야에서 노인이 사라지자 새로운 통로를 파서 나아갔다. 냄새가 멀어질 때까지 손이 가는 대로 흙을 팠는데 어느 순간 누군가 만들어둔 길이 나왔다. 길을 따라가니 갈림길이 있었고 왼쪽 길을 선택해 가다 보니 또 다른 갈림길이 나타났다. 비슷한 높이의 길이 이어졌다. 일부는 끝이 막혀 있었고 일부는 그저 한 바퀴 원을 그리며 제자리로 돌아오는 길이었다. 그가 멀리 반짝이는 빛을 발견하고 신중히 걸음을 옮겼다. 길 끝에 누군가 나온다면 정중히 인사를 건네고 도움을 청할 생각이었다.

빛은 나무로 만든 작은 문에서 흘러나왔다. 반듯한 돌로 만든 문틀에 나무판자를 끼운 형태였고 판자 한쪽에 작은 손잡이도 달려 있었다.

선우가 노크를 하려 문으로 다가가는데 뭔가가 오른 손목에 걸렸다. 그가 엎어져 바닥에 부딪쳤다. 윽, 하는 소리가 튀어나왔다.

문 안쪽에 누운 재경도 그 소리를 들었다. 한낮이 조금 지났고 굴에 사는 사람이라면 대체로 자는 시간이었다. 멀리서 덜컹이던 소리가 굴 앞까지 다가왔다. 재경이 문을 열고 밖을 내다봤다. 흙을 뒤집어쓴 두더지 같은 녀석이 문 앞에 엎드려 있었다.

"저, 저기 제가 지금 길을……." 선우가 서둘러 몸을 일으키며 말했다. 힐긋 올려다본 재경의 멀끔한 모습에 마음이 놓였다. 빡빡머리에 쌍꺼풀진 눈을 깜박이는 재경은 젊고 건실한 스님 같았고 문틈으로 내비치는 빛도 따뜻해 보였다.

선우는 미소를 지으며 말을 이었으나 다음 말을 입 밖에 내기 무섭게 눈을 부릅뜨고 비명을 지르는 재경을 마주해야 했다. 입과 눈을 한껏 벌린 재경의 표정에는 광기가 어려 있었다. 선우가 방향을 돌려 네발걸음으로 내달렸다. 손목이며 무릎이 바닥에 설치된 실에 자꾸 걸려 벗어나기까지 오랜 시간이 걸렸다.

재경은 문에 몸을 반쯤 걸친 채 선우가 줄에 걸려 넘어지다 이내 빠져나가는 모습을 지켜보았다. 발끝까지 완전히 사라지길 기다렸다가 집 밖에 나와 느슨해진 줄을 당겨 벽에 고정했다. 그러고는 아무 일 없던 것처럼 방해꾼이 사라진 굴로 돌아갔다.

중앙 터널로 되돌아간 선우는 겁에 질린 얼굴로 주위를 살피며 걸었다. 생각지 않으려 해도 재경의 커다란 흰자가 자꾸 떠올랐다. 단단하건 무르건 보이는 흙은 모두 누군가 차지한 공간처럼 느껴졌다.

한참을 걷다 보니 '끝'이라는 글자가 새겨진 막다른 길이 나왔다. 선우가 터널 끝에 주저앉았다. 지상에서 내려오는 작은 진동이 느껴졌다. 주변이 고요했다. 벽에 머리를 기댄 채 주위의 빛과 어둠을 응시했다. 오른 벽 아래쪽에 푸르스름한 뭔가가 보였다. 벽을 비추자 성인 한 명이 겨우 지나갈 정도로 좁은 구멍이 드러났다. 헤드랜턴을 끄고 눈이 어둠에 익숙해질 때까지 기다린 뒤 선우는 천천히 구멍으로 들어갔다.

비좁은 통로에는 사람 소리가 들리지 않았고 별다른 냄새도 나지 않았다. 굴을 막아둔 문도 없었다. 통로 끝에 이르자 선우는 고개만 내밀어 굴을 살핀 다음 조심스럽게 안으로 들어갔다. 터널 끝 굴은 다른 굴보다 천장이 높았다. 몸을 반쯤 일으키니 신음이 튀어나올 정도로 허리와 무릎이 아팠다. 관절이 심하게 망가진 기분이 들었다. 굴에는 낙엽 몇 개와 담배꽁초, 빈 '해결사' 봉지 세 개가 있었지만, 모두 흙먼지를 뒤집어쓴 상태로 오랫동안 사람의 손길이 닿지 않은 상태였다.

선우는 배낭을 벗고 굴 입구를 막았다. 쌓은 흙을 삽으로 여러 번 다진 뒤에야 구석으로 가 참았던 요의를 해결했다. 냄새가 조금 났지만 소변에 흙을 덮고 굴 반대쪽에 앉자 괜찮았다. 다행히 굴이 넓어 크게 꺼림칙하진 않았다. 바닥의 돌멩이를 대충 치우고 패딩을 이불 삼아 덮으니 몇 초 만에 잠이 쏟아졌다.

오랜만의 긴 잠이었다. 굴 안팎에서 마주친 사람들이 뒤섞여 꿈에 나왔다. 분명 벗어났다고 생각한 사람들이 거듭 나타나자 선우는 이를 악물고 어떻게든 그들을 상대하려 애썼다. 끓어오르는 감정에 어찌할 바 모르는데 퍽, 하는 소리가 들렸다. 그가 불현듯 잠에서 깨어났다.

"아이씨." 누군가 중얼거렸다.

선우가 눈을 감은 채 낯선 목소리에 귀 기울였다.

"이걸 어떻게 해야 돼."

눈을 뜨자 굴 입구에 선 키 큰 남자의 실루엣이 보였다.

영수는 강산역 모텔에서 하룻밤을 보내고 막 고라니 호텔로 돌아온 참이었다. 강산역에서 적강리 마을회관까지 버스로 30분이 걸렸고 거기에서 다시 굴로 들어오기까지는 30분이 더 걸렸다. 침실로 쓰는 굴에 짐을 풀어놓고 확인차 새로 작업하던 굴을 찾았는데 웬 낯선 사람이 패딩을 덮고 자고 있었다. 영수가 삽을 든 손에 힘을 주었다. 바로 이런 상황에 대비해 그는 굴을 오갈 때 헤드랜턴을 켜지 않았다. 그가 어둠에 익숙해진 눈으로 선우를 내려다봤다.

선우가 본능적으로 일어나 가방을 잡아끌었다. 이럴 줄 알았으면 입구에서 제일 가까운 곳에 자리를 잡을 걸 그랬다고, 선우는 뒤늦게 생각했다. 그가 영수가 든 삽을 바라봤다. 선우가 지금껏 마주친 사람들이 어딘가 돌아버린 사람 같았다면, 영수는 또렷한 정신으로 기꺼이 그를 죽일 사람처럼 보였다. 찢어진 눈과 눈가의 주름이 주는 인상도 그랬지만, 무엇보다 손에 든 얼굴만 한 삽이 두려움을 자아냈다. 검은 로브 대신 코듀로이 바지를 입고 낫 대신 삽으로 그의 목을 단번에 그을 죽음의 신 같았다.

"살…… 살려주세요." 선우가 잠긴 목소리를 쥐어짜 말했다.

영수가 그에게 시선을 고정한 채 비켜섰다. 선우는 짐을 챙겨 정신없이 그곳을 나왔다. 눈 아래 깊은 주름과 선명한 팔자주름, 어둠 속에 잠긴 그 얼굴을 피해 달아나고 또 달아났다.

"미친놈들, 개 같은 놈들, 나보고 어떻게 하라고." 숙인 얼굴에서 눈물과 침이 방울져 떨어졌다. 전날에는 40여 분 가까이 헤매던 터널을 10여 분 만에 뛰어나갔다. 마침내 터널 입구에 다다르자 배낭을 던져두고 계단에 주저앉았다. 반쯤 드러누워 발을 아래로 뻗고 몸을 늘어트렸다. 조금만 움직여도 어깻죽지와 허벅지가 아팠고 손바닥이 아렸다. 목이 말랐지만, 손 하나 까딱할 힘도 없었다. 누군가 안전한 곳으로 데려가 목을 축여주고 두꺼운 이불을 덮어줬으면 싶었다.

미세한 냄새가 바람에 실려왔다. 선우가 코를 벌름거렸다. 고구마를 굽는 냄새나 설탕을 태우는 냄새 같았는데 다시 맡으니 시럽을 탄 커피 냄새처럼 느껴졌다. 그가 향을 들이마시며 계단을 올랐다. 어렴풋이 감돌던 허기가 온몸에 퍼졌다. 위가 어찌나 휘고 오그라드는지 그 움직임만으로 위치를 알 정도였다.

지하실 문에 다가서자 누군가의 말소리와 재즈 소리가 들렸다. 선우가 배낭에서 물을 꺼내 목을 축였다. 손에 부어 얼굴도 닦았다. 물이 마른 뒤에도 한참 동안 얼굴에 붙은 흙을 떨어내야 했다. 옷과 배낭도 여러 번 털었지만, 얼마나 깨끗해졌는지 잘 보이지 않았다. 그가 헤드랜턴을 끄고 문손잡이를 돌렸다. 미간을 지나 얼굴을 가로지른 빛이 점점 넓어졌다.

*

고라니 호텔 라운지는 이례적인 북새통을 이뤘다. 오후 6시에 문을 열자마자 손님 셋이 라운지를 찾았고 새벽 4시까지 다섯 사람이 더 왔다 갔다. 대부분이 컴플레인을 하러 왔지만, 온 김에 밥을 먹거나 물건을 사 가는 사람도 있었다.

선우는 새벽 5시, 라운지가 문을 닫기 한 시간 전 그곳에 들어섰다. 낮과 다른 라운지의 모습에 그는 한동안 얼떨떨한 표정으로 문 앞에 서 있었다. 검은 천을 거둬 드러난 테이블과 의자는 카운터와 같은 월넛 무늬였고 노란 조명 아래 시간이 멈춘 듯 아늑한 분위기를 풍겼다. 주호는 카운터에 기댄 손님과 뭔가를 의논하느라 바빴고 카운터 손님 말고도 작은 테이블에 손님이 한 명 더 있었다.

작은 테이블에 앉은 혜원이 숟가락질을 멈추고 선우를 바라봤다. 그녀는 매일 라운지에 나와 소방공무원 필기시험을 준비했다. 시험공부를 한다고는 하지만, 공부에 집중하는 시간은 길지 않았다. 일기도 쓰고 영화도 보고 끼니도 챙기다 보면 정해둔 공부량을 끝내기 전에 하루가 지나갔다. 라운지에서 볼 수 있는 영화는 주호가 작년 봄 얻어온 DVD 시리즈에 담긴 고전 영화뿐이었다. 라운지 손님 대부분은 오래된 영화에 관심이 없었지만, 혜원은 느리고 긴 흑백영화를 좋아했다. 스튜디오에서 찍힌 게 분명한 야외 장면이나 배우의 과한 몸짓을 보고 있으면 가짜로만 이루어진 세상이, 그래서 어떻게 살아도 괜찮은 세상이 어딘가에 존재할 것만 같은 기분이 들었다.

혜원이 선우에게 고개인사를 했다. 선우가 그녀의 시선을 피하며 꾸벅 머리를 숙였다. 헤드폰을 쓴 혜원은 오른손에는 숟가락을, 왼손에는 펜을 들고 있었다. 선우가 혜원 앞에 놓인 문제집과 우유를 부어 끓인 오트밀, 헤드폰과 연결된 DVD 플레이어를 흘깃거렸다. 포스터 아래 자리한 24인치 모니터에서는 소리 없는 흑백영화가 나오는 중이었다. 밥을 먹는지, 공부를 하는지, 아니면 영화를 보는지 도통 알 수 없는 모습이었다.

"처음 나오셨나봐요." 혜원이 헤드폰을 벗으며 물었다.

"예? 아…… 네."

"앉으세요. 아무 데나 앉으셔도 돼요."

선우가 혜원의 제안에 따라 테이블 끄트머리에 앉았다.

"많이 놀라셨죠?" 혜원이 부드러운 목소리로 물었다.

"아니요, 뭐……." 선우가 말을 골랐다.

"오늘 많이들 오시더라고요. 어떤 미친놈이 굴을 뒤지고 다닌다고."

선우의 입이 벌어졌다. 그가 혜원의 눈을 피했다.

"왜요?" 혜원이 선우의 표정에 의아해하며 주위를 둘러보다 이내 그를 다시 쳐다봤다.

선우가 주눅 든 얼굴로 대답했다. "제가 그, 굴을 팠는데…… 일부러 그런 게 아니고 파는 곳마다 누가 있더라고요."

놀라 그를 쳐다보던 혜원이 짧은 웃음을 터뜨렸다.

"처음이면 그럴 수 있죠. 너무 걱정 마세요." 그녀가 말했다.

"예……." 선우가 머리카락을 귀에 걸며 혜원 뒤쪽으로 시선을 옮겼다. 카운터 앞에 선 빡빡머리가 눈에 들어왔다. 선우가 이유 모를 불안을 느끼며 남자의 행색을 살폈다. 회색 맨투맨에 남색 면바지를 입었는데 흙이 조금 묻었지만, 깔끔하고 단정해 보였다.

"여기 있네요. 새벽 배송." 재경이 카운터에 놓인 주호의 노트북 화면을 가리켰다.

"아니, 재경 씨. 배송이 오면 뭐 해요. 내일 라운지를 안 연다니까." 주호가 답답해하며 말했다.

"저만 잠깐 들를게요. 이거 꼭 읽어야 돼서 그래요." 재경이 말했다.

주호가 고개를 저었다. "안 돼요. 중요한 약속이라."

"라운지 영업을 이렇게 하면 어떡합니까, 배 사장님. 닫을 거면 미리 얘기를 하든가, 아무 때나 막 쉬고."

"지금 얘기하셨잖아요. 내일 문 닫는다고." 재경의 말에 혜원이 크게 대꾸했다.

재경이 깊은 한숨을 쉬며 혜원을 돌아보자 선우가 미심쩍은 눈으로 재경의 얼굴을 살폈다.

"어!" 재경이 선우를 손가락질했다. "맞죠?"

재경의 쌍꺼풀진 눈을 마주하자 선우의 머릿속에 굴에서 본 빡빡머리의 모습이 되살아났다. 선우가 소리를 지르며 달려들던 재경을 떠올렸다. 미친놈은 자기보다는 재경에게 어울리는 별명이 아닐까 생각하며, 그가 재경에게 가벼운 인사를 건넸다.

"선우 씨 왔네요." 주호가 뒤늦게 선우를 발견하고 손을 흔들었다. "뭐 좀 먹을래요?"

"저, '해결사' 좀……." 선우가 대답하며 몸을 일으켰다.

"앉아 있어요. 갖다줄게." 주호가 금세 물 한 컵과 '해결사'를 가져왔다. "천천히 먹어요. 목 막히니까."

선우는 컵이 테이블에 놓이자마자 물부터 들이켰다.

"하이고." 주호가 애처롭게 그를 바라보더니 물을 한 컵 더 따랐다.

선우가 잠긴 목으로 감사인사를 웅얼거렸다. 그가 '해결사'를 까서 물과 함께 천천히 씹었다. '해결사'는 씹을수록 향과 식감이 질게 느껴지기 때문에 되도록 적게 씹고 삼켜야 했지만, 자기를 보는 주호와 다른 두 사람의 시선에 예의를 차리고 싶었다. 주호가 만족스러운 얼굴로 돌아섰다.

"재경 씨 책은 오늘 시키고 모레 받읍시다." 카운터로 돌아간 주호가 말했다. 재경이 혜원을 흘깃 보고는 주호와 대화를 이어나갔다.

"그래서," 혜원이 헤드폰을 목에 건 채 선우 쪽으로 몸을 기울였다. "지낼 곳은 구하셨어요?"

"터널 끝에서 빈 굴을 찾긴 했는데 주인이 있는 것 같더라고요." 선우가 대답했다.

"주인? 누가 왔어요?"

"처음 들어갔을 때는 아무도 없었거든요. 텐트도 없고 오랫동안 안 쓴 굴이었는데, 자다 무슨 소리가 들려서 봤더니 어떤 키 큰 사람이 저를 보고 있더라고요. 그, 삽 이만한 거를 들고, 머리를 터뜨릴 것처럼." 선우가 조급하게 말을 늘어놓았다. 그가 느끼기에 혜원은 이곳에 몇 없는 정상인, 그것도 꽤 괜찮은 사람 같았다. 그녀는 그의 사정을 궁금해했고 표정과 말투로 보아 아픈 동물을 보면 돌보지 않고는 못 견딜 사람처럼 보였다. 입고 있는 플리스 집업에 오트밀을 흘리자 그걸 그대로 손으로 훑어 먹는 모습도 인상적이었다. 그는 그녀와 가까워지고 싶고 그녀의 주의를 끌고 싶었다. 그는 관심과 포용에 취약했다.

"키가 큰 사람?" 혜원이 잠깐 생각하더니 고개를 끄덕였다.

"하긴 굴을 여러 개 쓰는 사람도 있으니까요."

혜원이 남은 오트밀을 입안에 털어넣는 동안 선우는 턱을 괴고 테이블을 내려다봤다. 혀에 남은 '해결사'의 감촉에 속이 메스꺼웠다.

마지막 오트밀 한 숟갈을 삼킨 혜원이 처량하게 앉은 선우를 바라봤다. 이마와 코끝에 붙은 흙, 마른 입술, 볼에 흘러내린 곱슬머리를 보니 길을 헤매는 개를 보는 것 같았다. 그녀가 문제집을 덮었다.

"아는 굴이 있는데, 알려드릴까요?"

"예? 아니에요. 빈 것 같아도 다 주인이 있더라고요."

"제 친구가 쓰던 굴인데 비운 지 좀 됐어요."

"다른 굴로 옮기셨어요?"

"아니요. 나갔어요." 혜원이 문제집과 필기구를 정리해 가방에 넣었다. "좋은 일로요. 가족이랑 오해가 풀려서."

"그러셨구나."

"저는 유혜원이에요." 그녀가 의자를 끌며 일어났다.

"아," 선우가 목을 가다듬고 대답했다. "정선우라고 합니다."

"나는 신재경." 빡빡머리 재경이 다가와 선우와 혜원 사이에 섰다. "어제는 깜짝 놀랐잖아요. 아무리 처음 왔다고 해도 남의 집에 막 그렇게 오면 안 되지. 나이는 어떻게 돼요? 나랑 비슷해 보이는데."

"스물아홉이요."

"좋다." 재경이 싱글벙글한 얼굴로 테이블에 앉았다. "혜원 씨는 스물셋인가? 맞죠? 하여튼 어리고 나머지는 다 형, 누님이라 혼자 외로웠거든요. 나는 선우 씨보다 한 살 많아요. 어제 온 거죠? 뭐 하다가? 스물아홉이면 취준생? 아니다, 학생인가?"

선우가 재경과 혜원, 그리고 카운터에 서서 이 상황을 흥미롭게 지켜보는 주호를 번갈아 바라봤다.

"학생 같아, 분위기가." 재경이 덧붙였다.

선우가 몰아치는 질문에 대답할 말을 생각했다. 대학은 3년 전에 졸업했다, 이름만 비슷하지 서울에 있는 그 대학과는 다른 곳이다, 졸업하자마자 작은 리서치 회사에 취업했고 두 달 전 그만두었다, 별 이유는 없고 그냥 몇 달 누워 있고 싶었다, 정말이지 다른 이유는 없고 그저 누워서 숨이 쉬어지는 대로, 팔이 늘어지는 대로 그렇게 있고 싶었다.

"무슨 과?" 선우의 침묵을 긍정으로 받아들인 재경이 물었다.

"경영학과요."

"오, 경영. 대학교는?" 재경이 물었다.

선우가 대학 이름을 우물거렸다. 소리가 작고 불분명해 언뜻 서울에 있는 다른 대학처럼 들렸다. 재경이 반색하며 그 근처에 위치한 다른 대학 이름을 댔다. 선우를 붙잡고 서울의 대학가와 구내식당, 주변 상권에 대해 이야기하려 들었다.

혜원이 뚱한 얼굴로 DVD 플레이어와 모니터를 끄더니 혜드폰을 만지작거렸다.

"이제 가죠." 그녀가 선우에게 말한 뒤 책꽂이로 걸어갔다.

선우는 잽싸게 혜원을 따라나섰다. 불쾌한 표정을 짓는 재경이 마음에 걸렸지만, 소리치며 달려들던 사람보다는 굴을 소개해주겠다는 은인과 팀을 이루는 게 현명했다. 얼결에 거짓말한 꼴이 되어 대화를 이어나가기도 곤혹스러웠다.

호텔로 들어가는 문이 열리고 계단참이 나타났다. 이상한 일이라고 선우는 생각했다. 잠시 빛 아래서 배를 채우고 사람들과 말을 나눴을 뿐인데 어제 오전과는 전혀 다른, 새로운 장소에 들어선 기분이 들었다. 여전히 어둡고 서늘했지만, 축축하고 침침한 지하가 아닌 이색적인 호텔 입구를 걷는 듯했다. 혜원이 가방에 달린 헤드랜턴을 켜고 계단을 내려갔다. 선우가 서둘러 그녀를 따랐다.

계단을 다 내려간 혜원이 걸음을 멈추고 비켜섰다.

"먼저 가시죠." 그녀가 선우에게 손짓했다.

"예?" 선우가 어병한 얼굴로 터널 입구를 바라봤다.

"길을 익히면서 가야 다음에 찾기 쉬우실 거예요." 혜원이 플리스 집업 주머니에 손을 넣어 뭔가를 움켜쥐었다.

선우가 숨을 바투 쉬고 터널로 들어갔다. 혜원이 따라오는 소리가 들렸다.

함께 터널을 걸으며 혜원은 선우에게 벽에 새겨진 작은 표시가 굴 입구를 가리킨다는 사실을 알려주었다. 표시는 화살

표부터 별표, 엉성한 해골바가지까지 다양했다. 흙이 무른 곳이 있어도 그 위에 표시가 있다면 다른 곳을 파는 게 좋았다. 이미 길이 난 곳도 누군가 주기적으로 드나들 확률이 높았다.

"혜원 씨는 여기 온 지 얼마나 되셨어요?" 선우가 물었다.

"한 2년? 그 정도 됐어요."

"꽤 됐네요? 혼자 무섭지 않으세요?"

"네, 별로."

"그럼 친구분이랑 같이 오셨던 거예요?"

혜원은 대답하지 않았다.

"그냥 대단하시다고요." 선우가 서둘러 덧붙였다. "이런 덴 줄 알았으면 전 못 왔을 거 같아요."

"그렇죠, 뭐." 혜원이 내뱉듯 말했다.

선우는 옷이 벌어진 틈으로 들어오는 한기를 느꼈다. 공기처럼 주위를 떠돌던 불안과 두려움이 다시금 그를 감쌌다. 혜원은 왜 그에게 말을 걸었을까, 왜 그가 앞서가길 바랐을까, 주머니에는 뭐가 들었을까. 그는 그녀에 대해 아는 게 없었다.

"근데," 불안이 선우의 입 밖으로 새어나왔다. "친구분이 쓰던 굴을 왜 하필 저한테 소개해주세요?"

혜원이 걸음을 멈췄다.

"제가 어떤 사람인 줄 알고……." 선우가 돌아보자 혜원이 헤드랜턴 빛에 눈을 찡그렸다.

"어떤 사람인데요?"

"예? 아니," 선우가 정면을 보며 대답했다. "죄송합니다."

"안 쓴 지 좀 돼서, 그렇게 좋은 굴은 아니에요."

선우가 다시 걸음을 옮겼다.

"지내다 힘들면 말씀하세요. 제가 좀 그러면 배 사장님한테라도요. 도와주실 거예요."

"아, 말씀만이라도 감사합니다."

"그냥 제가 불편해서 그래요. 첫날부터 힘드셨을 텐데." 혜원이 혼잣말처럼 말했다.

발아래 드리운 혜원의 헤드랜턴 빛을 보며 선우는 그녀를 좋은 사람이라고 판단했다. 적어도 이곳에서 만난 사람 중 가장 친절한 사람임은 분명했다. "아니에요." 선우가 고개를 숙인 채 중얼거렸다.

"여기에요."

혜원의 말에 선우가 오른쪽 벽을 돌아봤다. 벽 위쪽에 희미한 동그라미가 그려져 있었다. 선우가 혜원의 지시에 따라 굴을 파 들어갔다. 몇 번 굽이진 길을 만들어 들어가니 웅크려 앉을 만한 높이의 굴이 나타났다. 굴은 두 성인이 팔을 붙이고 누우면 가득 찰 정도로 너비가 좁았다. 그래도 흙이 단단해 무너트리지 않고 굴을 넓히기 좋아 보였다.

선우가 옅은 한숨을 쉬었다. 잠깐이었지만 도움을 주겠다고 나선 사람을 의심한 일이 머쓱하고 부끄러웠다.

멀리서 혜원의 목소리가 들렸다. 선우가 배낭과 패딩을 놓고 파고 온 길을 반쯤 돌아갔다.

"어때요?" 혜원이 소리쳤다.

"좋아요." 선우가 외쳤다.

"좋네요." 혜원이 대답했다. 그들은 약속한 대로 보태는 말이나 인사 없이 각자의 굴로 돌아갔다.

*

굴은 작은 관 같았다. 선우가 우비를 꺼내 바닥에 깔고 입구 가까이 베개를 놓았다. 안쪽보다는 입구에 머리를 두는 게 안전해 보였다. 패딩을 입고 우비 위에 누웠다. 헤드랜턴을 끄자 온 굴이 깜깜했다. 아무것도 보이지 않았지만, 눈을 감고 있기가 힘들었다. 자꾸 눈을 떠 주변을 확인하고 싶었다. 그가 헤드랜턴과 야전삽을 꺼내 들었다. 양손에 랜턴과 삽을 쥐자 마음이 한결 놓였다.

선우는 자주 잠에 들지 못했다. 회사에 다닐 때도 그랬고 그만둔 뒤에도 비슷했다. 언제부터였는지는 기억나지 않았다. 자려고 누우면 밀려드는 생각에 눈을 감기가 두려웠다. 문득 문득 떠오르는 기억을 곱씹던 그가 늘 그렇듯 사막의 저택을 그리기 시작했다. 앞에는 바위와 메마른 관목이 있고 뒤에는 돌산이 있는 기다란 저택, 안전하고 고립된 장소였다. 그가 라지 킹 사이즈 침대에 누운 자신을 상상했다. 폭신한 이불을 덮고 방을 둘러싼 통창을 내다보면 노을빛에 아늑하게 물든 사막의 풍경이 보였다.

침실 밖에는 다른 방으로 이어지는 길고 얕은 수영장이 있었다. 수영을 못하는 그는 튜브에 앉아 유영하며 통창 너머로 해가 지는 모습을 바라봤다. 물속에 담근 손을 저으며 침실과 수영장에 이어 집의 다른 공간, 이를테면 서재나 부엌 같은 곳을 그리려 애썼다. 그러다 잠이 들었고 여섯 시간 뒤 벽에 달라붙어 웅크린 자세로 깨어났다.

우비는 왼쪽 허벅지 옆에 구겨져 있었고 온몸, 특히 목과 허리에 심한 근육통이 느껴졌다. 누운 채로 팔다리를 뻗어보려 했으나 조금만 몸을 뻗어도 손과 발이 양쪽 벽에 닿았다. 그가 몸을 일으켜 구부정하게 앉은 뒤 팔을 옆으로 뻗었다. 목과 어깨를 펴니 좀 살 것 같았다.

"안 되겠다." 그가 중얼거렸다. 피곤하고 머리가 띵했지만, 다시 잠들기 전 조금이라도 굴을 넓히고 싶었다.

제대로 앉기도 어려운 굴에서 벽을 파기란 쉽지 않았다. 왼쪽 벽을 고작 한 뼘 깊이로 파 내려갔을 뿐인데 반도 끝내기 전 온몸에 열이 오르고 이마와 겨드랑이에서 땀이 배어났다. 그가 패딩을 벗었다.

가만히 앉아 흙을 파니 온갖 게 나왔다. 굴을 찾아 돌아다닐 때는 움직이느라 미처 보지 못한 것들이 빛 아래 선명히 드러났다. 그는 빨대만 한 지렁이를 굴 밖으로 내보냈고 빈 새우깡 봉지와 금이 간 플라스틱 물병을 흙더미에 던졌다. 땅강아지 두 마리가 튀어나왔을 때는 반사적으로 몸을 젖히다 반대쪽 벽에 머리를 박기도 했다. 허리와 어깨가 끊어질 듯 아팠다. 홧김에 야전삽을 흙더미 위로 내리꽂자 쇠가 부딪는 소리가 굴에 울렸다. 조심스럽게 바닥을 내려다보다가 흙을 파헤쳤다. 반짝이는 뭔가가 보였다. 목덜미와 팔에 서늘한 감각이 퍼져나갔다.

선우가 손목시계를 집어들었다. 시계 스트랩은 적갈색 무늬가 있는 회색 가죽줄이었고 시곗바늘은 모두 멈춰 있었다. 다이얼이 작고 스트랩도 가늘어 여성용 시계로 보였다. 선우는 가족과 오해가 풀려 굴을 나갔다던 혜원의 친구를 떠올렸다.

시계에 그려진 적갈색 무늬는 반복적이지도, 균일하지도 않았다. 무늬보다는 얼룩에 가까웠는데 다이얼 안쪽과 버클에도 비슷한 색이 묻어 있었다. 그가 손목시계에서 손을 떼고 패딩을 주워 입었다. 패딩 지퍼를 잠그고 모자를 뒤집어써도 오한이 가시지 않았다. 삽을 곁에 두고 몸을 수그렸다. 흙더미 밖으로 비어져나온 플라스틱 병목과 과자봉지, 그 옆에 놓인 손목시계가 헤드랜턴 빛을 받아 반짝였다.

“에이, 설마.” 그가 고개를 저었다. “아니겠지.”

두려운 것은 늘 사람이었다. 교실에 앉은 그에게 책상을 집어 던지던 사람, 대뜸 위협적인 말을 내뱉던 사람, 동료를 불러 그가 우는 모습을 지켜보게 하던 사람, 언제든 변할 수 있고 언제든 누군가를 찌를 수 있는, 그게 사람이었다.

혼자 사는 굴에서 손목시계에 피가 묻을 일이, 시계를 땅에 묻고 굴에서 떠나야 할 일이 뭐가 있었을까. 그는 늘 최악을 상상했다.

라운지가 문을 여는 오후 6시까지 아직 네 시간이 남아 있었다. 그가 배낭을 싸서 굴 입구에 앉았다. 한 시간 뒤 세면도구가 담긴 비닐봉지를 꺼냈다. 봉지를 비우고 흙으로 채워 배낭 옆에 묶었다가 몇 분이 지나 손목시계를 넣어 다시 묶었다.

시간이 되자 온 힘을 다해 중앙 터널로 기어나갔다. 계단을 오르고 라운지로 들어가는 문손잡이를 돌렸다. 몇 번을 당겨도 문은 열리지 않았다. 분명 6시가 넘었을 텐데. 초조해진 그가 입술을 물어뜯었다. 문에 어깨를 부딪쳐보고 두어 번은 발로 찬 뒤에야 어제 주호가 재경과 나누던 대화가 떠올랐다. 주호는 오늘 라운지를 열지 않겠다고 말했다.

선우가 계단에 쭈그려 앉아 다리를 껴안았다. 굴을 기어오며 흘린 땀이 말라서인지 아까보다 더 심한 오한이 들었다. 몸이 떨리고 저절로 하, 으하, 외마디 소리가 났다. 목과 턱에 한껏 힘이 들어가 통증이 느껴질 정도였다. 주호에게도, 혜원에게도 하고 싶은 말이 많았지만, 무엇보다 그저 집에 돌아가고 싶었다. 집으로, 도시로, 값은 비싸지만 적어도 돈을 내면 삽을 든 살인광이나 피 묻은 손목시계를 볼 일은 없는 곳으로.

"이건 또 뭐야?"

선우가 소리를 따라 고개를 들었다. 어딘가 익숙한 코듀로이 바지와 점퍼, 흐릿한 얼굴과 헤드랜턴 빛을 바라봤다. 아득한 시야 안에서도 찢어진 눈과 깊은 주름은 또렷하게 보였다.

"아우……." 선우가 터져나오는 욕을 삼켰다. "왜 이러세요."

"왜 여기 있어?" 살인광이 그에게 냅다 반말을 지껄였다.

"뭐가요." 선우가 되물었다. 오늘 살인광의 손에는 삽이 없었다. 가슴에 두른 힙 색에 칼이 들었을 수도 있겠지만. 그런 생각이 들자 선우는 조금 더 공손하게 그를 대하기로 마음먹었다.

영수가 험악한 표정을 지어 보였다. 선우는 무릎을 안은 채 머릿속으로 영수의 공격을 대비했다. 일단 배는 배낭으로 막고 흙이 든 비닐봉지를 던져서…….

"아직 안 갔어?" 영수가 물었다.

"어떻게 가요." 선우가 배낭을 배 가까이 끌어당겼다.

"어떻게는, 산길 타고 내려가서 버스 타야지."

선우가 헛웃음을 치다가 영수의 눈치를 살피고 배낭을 다시 움켜쥐었다.

"닫혀서 못 나가요."

영수가 눈썹을 들어올렸다. 그가 나지막이 납득하는 소리를 냈다. 얼굴을 찌푸리지 않으니 경우를 아는 사람처럼 보였다.

"배 사장님이 약속 있다고 문 닫는댔어요." 선우가 주호의 사정을 설명했다.

영수가 고개를 젖혔다가 선우를 내려다보았다. 선우는 터널 끝에 위치한 굴에서 봤을 때보다 후줄근하고 파르스름했다. 이마에 붙은 곱슬머리가 땀으로 축축했고 손톱에는 흙이 잔뜩 껴 있었다.

"그러니까 이런 데는 왜 왔어?" 영수가 물었다.

선우가 무어라 중얼거렸다.

"어?"

"자러요." 선우가 볼멘소리로 말했다.

"자러?" 영수가 어이없다는 듯 되물었다.

사람을 내쫓을 때는 언제고 뭐가 그렇게 궁금하냐고 묻고 싶었지만, 두려움 때문인지 추위 때문인지 말이 잘 나오지 않았다. 선우가 덜덜 떨며 입을 다물었다.

"여기서 제일 조심해야 하는 게 뭔 줄 알아?"

선우가 영수를 올려다보았다.

"저체온증이야. 고작 그걸로 죽는단 생각을 못하거든."

"춥다고 해도…… 18도밖에 안 되던데." 선우가 말했다.

영수가 웃음을 터뜨렸다. "라운지에 붙은 거? 그 온도계 가짜야. 온도를 높여서 보여주면 덜 추울 거라고 배 사장이 걸어 둔 거야."

선우가 이를 악물고 무릎 사이에 얼굴을 파묻었다.

"일단 젖은 옷을 벗어야 돼." 영수가 말했다.

"예?" 선우가 숨을 한꺼번에 뱉고 들이마시며 물었다.

영수가 한숨을 쉬더니 헤드랜턴을 껐다. 선우가 계단 끝으로 올라가는 영수를 바라보았다. 꼭대기에 선 영수가 천장으로 손을 뻗자 두 사람 위로 오후의 햇빛이 쏟아졌다. 선우가 영수를 따라 빛이 들어오는 구멍 아래로 걸어갔다. 천장에 손목을 겨우 넣을 수 있는 틈이 있었고 그 위에 철제 배수로 덮개가 놓여 있었다. 영수가 덮개 사이로 손가락을 넣어 덮개에 씌워진 실리콘 매트를 3분의 1까지 밀어젖혔다. 그러고는 힙 색에서 구겨진 영수증 네다섯 개를 꺼내 구멍 아래 놓고 불을 붙였다. 영수증이 빠르게 녹아 없어지자 사탕 껍질과 구겨진 냅킨을 보탰다. 매캐한 냄새가 금세 퍼지고 검고 얇은 연기가 덮개 위로 피어올랐다.

"이래도 돼요?" 선우가 후들거리는 팔을 잡고 물었다.

영수가 입술을 모으고 짧지만 크게 휘파람을 불었다. 숨을 죽이고 위층에서 들리는 소리에 귀 기울이다 다시 한번, 날카로운 소리를 냈다.

계단을 급히 내려오는 구둣발 소리, 뭔가 엎어지는 소리, 슬라이딩 책꽂이가 레일을 구르는 소리가 들리고 라운지 문이 열렸다.

"영수 형님? 뭐 해요?" 주호가 황당하다는 듯 물었다.

영수가 불씨를 밟아 끄고 손을 휘저어 남은 연기를 내보냈다.

밀려올라간 실리콘 매트를 덮자 계단에 내린 빛이 사라졌다.

"급한 거 아니면 불은 피우지 말라고 했잖아요." 주호가 냄새를 피해 코를 막고 말했다.

"나 말고 얘, 얘 봐봐." 영수가 선우를 가리켰다.

"하," 주호가 왁스를 바른 머리를 매만졌다. "일단 들어와요."

그들이 라운지에 들어섰다.

"형님 근데 나 진짜 바로 가야 해요. 늦으면 안 돼."

"얘 샤워만 시키고."

"지금 나가야 한다니까?"

"그럼 그냥 둬, 사람 하나 죽기밖에 더 하겠어?"

"아, 진짜." 주호가 영수를 흘겼다. "기다려봐요."

주호가 1층으로 가는 계단을 올랐다. 걸을 때마다 그에게 딱 붙는 회색 줄무늬 정장이 겨드랑이와 엉덩이 사이로 끼어 들어갔다. 주호는 철제 선반이 놓인 1층 창고를 지나 주방 건너편 방문을 열고 은희가 무엇을 하고 있는지 확인했다. 천장등이 꺼진 방에는 늘 그렇듯 줄 전구가 켜졌고 은희는 이어폰을 꽂은 채 휴대폰을 보고 있었다. 침대맡 벽에 기대 세운 휴대폰에서 시사 프로그램이 흘러나왔다. 주호가 조용히 방문을 닫았다.

지하실에 남은 선우는 영수와 최대한 떨어진 계단 앞 의자로 자리를 옮겼다.

"흙 떨어진다." 영수가 배낭에 달린 비닐봉지를 가리켰다.

선우가 비닐봉지를 추슬러 보다가 흙이 계속 떨어지자 배낭을 바닥에 내려놓았다. "흙 팔고 나갈 거예요." 눈이 감겼고 말이 잘 나오지 않았다.

영수가 물끄러미 선우를 바라봤다.

"진짜로." 선우가 배낭을 힘없이 내려쳤다. 배낭에 붙은 흙이 폴싹이다 제자리로 내려갔다.

"잘 생각했네." 영수가 콧소리를 내며 픽 웃다 비닐봉지를 보라고 턱짓했다. "고작 그거 파고 나가떨어졌냐?"

선우가 비닐봉지를 내려다보았다.

"혜원 씨라는 분이 알려준 굴에 들어갔는데 피 비슷한 게 묻은 손목시계가 나와서……. 친구가 쓰다 나간 굴이라고 하긴 했는데 그래도 찝찝하잖아요." 선우가 힘없이 주절거리다 뒤늦게 입을 다물었다. 살인광에게 무슨 말을 하고 있나, 싶었고 무엇보다 영수의 얼굴이 점점 험악해지고 있었다. 배 사장님이 빨리 와야 할 텐데. 선우가 지하실 문을 힐긋거리며 자세를 바로 했다.

지하실 문이 열렸다. 선우가 일어나 주호에게 걸어갔다. 머리에 잘 들어오진 않았지만 주호가 늘어놓는 당부도 달갑게 들었다. 선우가 패딩과 배낭을 라운지에 두고 주호를 따랐다. 닫힌 방문과 주방을 지나 매점 홀로 나갔다. 홀에는 정사각형 테이블 네 개가 두 개씩 붙어 놓였고 주방과 가까운 오른쪽에는 칸막이로 구분된 작은 공간이 있었다. 작은 벽걸이 티브이와 칸막이를 등진 소파가 있는 그곳은 거실 역할을 하는 유일한 공간이자 은희의 휴게실이었다.

"빨리 씻고 바로 라운지로 내려가요. 난 지금 나가야 해서, 영수 형님이 알아서 해줄 거예요." 주호가 선우를 화장실에 밀어넣었다. 선우는 샤워만 하고 이곳에서 나가겠다 말하려 했지만, 입술이 붙어 잘 움직여지지 않았다. 주호가 문을 닫았다.

선우가 눈을 가늘게 뜨고 불 꺼진 화장실을 둘러봤다. 손으로 더듬어가며 세면대와 샤워기를 찾다가 헤드랜턴을 켜서 변기 물탱크 뚜껑 위에 두었다. 은은한 빛이 화장실을 채웠다.

옷을 벗어 랜턴 옆에 놓았다. 알몸으로 서자 가슴이 절로 움츠러지고 쪼그려 앉아 배를 감싸게 되었다. 그는 떠나기 전 주호에게 할 말은 해야겠다고 생각했다. 아무리 값이 싸도 사람이 어떻게 이런 곳에서 살 수 있습니까. 온도계도 그래, 안 좋은 걸 좋다고 하면 좋아집니까? 다들 살 만한데 나만 유난인가보다, 착각하고 버티라는 거지.

따뜻한 물은 바로 나오지 않았다. 그가 샤워기에서 나오는 찬물에 손가락을 갖다대며 발을 굴렀다. 목덜미가 당기고 한계에 다다른 기분이 들었다. 그러다 물이 점점 따뜻해지고 손발이 달아올랐다. 팔과 어깨와 머리를 물줄기에 대자 머릿속에 있던 모든 생각이 멎었다. 그가 자기도 모르게 하아, 소리를 냈다. 화장실을 채운 김과 뿌예진 거울, 살갗이 녹아내리는 듯한 감각이 천국에 온 것 같았다. 머리를 마저 적시는 일도 잊은 채 양 팔뚝을 잡아 팔과 가슴 사이에 물을 가뒀다. 눈을 감자 욕조에 상반신을 담근 듯 몸이 나른해졌다. 참으려 해도 신음이 연이어 나왔다. 그는 비누로 머리와 몸을 씻으려던 애초 계획을 완전히 틀어 샴푸와 린스로 머리를 감고 주호 것으로 보이는 면도기로 수염까지 깎았다. 모든 것을 끝낸 뒤에도 물줄기에 등을 대고 서서 눈을 감았다. 떠날 생각이 들지 않았다.

똑똑.

선우가 흠칫 샤워기를 끄고 문을 바라보았다. 문이 열리고 살인광이 인상을 잔뜩 찌푸리며 들어왔다.

"뭘 그렇게 오래 씻냐." 영수가 투덜거렸다. 그가 선우에게 새 옷과 수건을 내밀었다가 선우의 손이 젖은 걸 보고는 벗어 둔 옷을 챙기고 그 자리에 새 옷을 두었다.

"그걸 왜 가져가세요?" 선우가 물었다.

"너 배낭이랑 다 아래 있으니까 씻고 내려와." 영수가 말했다. "가더라도 내려왔다 가라고."

영수는 대답도 듣지 않고 화장실을 나갔다.

홀에서 들어오는 찬 공기에 선우의 몸이 빠르게 식었다. 그가 몸을 닦고 서둘러 새 옷을 입었다. 초록색 카고 바지는 너무 커서 허리를 접어야 했고 아가일 체크무늬가 있는 반집업 터틀넥에는 지퍼 손잡이가 없었다. 어두워 잘 보이지는 않았지만, 새 상품이 아닌 건 확실했다.

"이것도 보증금에서 깎으려나." 선우가 중얼거렸다. 보증금. 그가 고개를 들었다. 주호를 만나 보증금을 받아야 했다. 휴양림 안내도에도, 포털 사이트 지도에도 표시되지 않은 이곳을 어떻게 믿고, 보증금 없이 나갈 순 없었다. 양말을 주머니에 찔러넣고 신발을 구겨 신었다. 한 뼘 정도 열린 화장실 문으로 서둘러 발을 뻗는데 앞발이 미끄러지며 쭈욱 앞으로 밀려나갔다. 문손잡이를 잡고 넘어지지 않으려 몸을 버텼다. 무게가 실린 문이 크게 삐걱거리는 소리를 냈다. 그가 숨을 죽이고 어둠에 잠긴 홀과 주방 너머를 바라보았다. 그러다 크게 심호흡을 하고 창고로 향했다. 누군가 어둠 속에 나타나 그의 뒷모습을 보지 않길 바라며 지하실 문으로 내달렸다.

*

지하실 문을 잡는 선우의 귀에 어득한 말소리가 들렸다. 내용은 잘 들리지 않았지만, 누군가 말다툼을 벌이는 듯했다. 선우가 조심스럽게 바닥 문을 열고 지하실로 내려갔다.

영수와 혜원은 대화를 주고받느라 선우가 온 것도 알지 못했다.

"그러니까 그 굴을 왜 알려줘. 선운지 뭔지 쟤가 어떻게 생각했겠냐고." 기역자 카운터와 큰 테이블 사이에 선 영수가 말했다.

"괜찮아요. 그냥 손목시계잖아요. 이걸 보고 어떻게 알아요." 영수를 마주 보고 선 혜원이 대답했다.

선우가 계단 밑 박스 더미에 몸을 숨기고 지하실 안을 엿봤다. 큰 테이블에 놓인 손목시계와 매듭이 풀린 비닐봉지는 분명 그가 배낭에 묶어 가져온 것이었다. 라운지 바닥에 두었던 봉지는 영수와 혜원이 손을 뻗으면 닿을 곳으로 옮겨져 있었다.

"시곗줄에 피가 묻었잖아. 친구 물건 다 치웠다며." 영수가 혜원을 다그쳤다.

"아이, 잘 치웠어요. 분명히 다 치웠는데. 흙을 걷어낼 때 덮였나?" 혜원이 말했다.

"됐으니까, 괜한 말 꺼내지 말고 그냥 넘어가."

"설명은 해줘야죠."

"뭐라고. 안 그래도 하얗게 질린 애한테."

"사실대로 얘기하면 되죠. 인아는…… 우리가 그런 거 아니잖아요."

영수가 입을 다물었다.

"제 말은…… 아저씨는 걱정 안 하셔도 된다고요. 문제 생기면 제가 다 처리할게요."

"뭘 어떻게? 그냥 가만히나 있어. 더 엮이지 말고."

"만약을 대비해서 말이라도 맞춰야죠. 경찰이라도 오면 어떡해요."

"경찰은 무슨, 그런 애기를 왜 해? 재수 없게." 영수가 목소리를 높였다.

"선우 씨랑 얘기해봤는데 문제 일으킬 사람 같지는 않았어요."

"아무리 그래도 그 굴에서 누가 죽으려고 했단 얘길 어떻게 하냐. 놀랄 거 아니야."

"저……." 선우가 조심스레 계단을 내려갔다. "왔는데요."

"아이, 씨." 영수가 눈을 질끈 감았다.

"왜 불이 안 들어왔지?" 혜원이 벽에 붙은 카사블랑카 포스터를 돌아보았다.

"안 들어오긴, 우리가 못 본 거지." 영수가 욕처럼 중얼거렸다.

선우가 그들을 주시하며 배낭과 패딩이 놓인 의자로 걸어갔다. 화장실에서 벗은 옷이 의자 앞 테이블에 단정히 접혀 있었다. 선우가 옷을 배낭에 쑤셔넣으며 영수와 혜원 곁에 놓인 비닐봉지와 손목시계를 바라봤다.

"그 봉지 제 건데." 선우가 말했다.

"놀라셨죠? 이게 어떻게 된 거냐면요." 혜원이 결심한 얼굴로 선우에게 돌아섰다.

"텐트 없다며? 무슨 배짱으로 텐트랑 침낭도 안 샀어?" 영수가 카운터 안쪽 선반에 놓인 침낭과 1인용 원터치 텐트 꾸러미를 꺼냈다. "이거 거의 새 건데 가격도 거저야, 거저."

"아니, 저 그냥 나갈게요." 선우가 다급히 말했다. "두 분이 무슨 말씀 하시는지 아무것도 못 들었어요. 원래도 다른 사람 말 한 귀로 듣고 한 귀로 흘리는 스타일이에요." 그가 패딩을 주워들었다. "배 사장님 오시면 보증금만 받고 갈게요."

"뭔가 오해하신 것 같은데 제가 제대로 설명할게요." 혜원이 손을 저으며 선우에게 다가섰다.

선우가 한 걸음 물러서고 영수가 혜원을 막아섰다. 큰 테이블을 사이에 두고 계단 쪽에 선 선우와 그 맞은편에 선 혜원, 그들 사이에 선 영수가 둔각삼각형 모양으로 대치했다. 누가 입이라도 떼면 큰일이 벌어지기라도 할 것처럼 긴장한 눈빛으로 서로의 입과 손을 응시했다.

천장에서 발소리가 들렸다. 세 사람의 시선이 천장에 쏠렸다가 이내 카사블랑카 포스터로 향했다. 애절하게 서로를 보는 붉은 남녀 아래 놓인, 작은 비행기와 총을 든 남자는 초록빛 없이 그대로 회색이었다.

"등이 고장 났나?" 혜원이 벽으로 다가가 포스터를 들췄고 불빛을 확인했다. 경고등은 켜지지 않은 채 잠잠했다.

그때 호텔로 가는 문이 열리고 재경이 빡빡머리를 긁으며 매점으로 들어왔다.

"배 사장님!" 재경이 주호를 찾았다. "사장님 나갔어요? 오늘 문 안 연다면서."

"이러다 굴에 있는 사람 다 오겠네." 영수가 한탄했다.

"왜, 오면 안 돼요?" 재경이 영수와 혜원을 힐끔거리다가 호텔로 나가는 문을 잠그고 슬라이딩 책꽂이를 옮겨 문을 가렸다.

"문 연 거 아니니까, 니 굴로 꺼져. 선운가 너도 빨리 텐트 갖고 가고." 영수가 말했다.

"뭐야. 왜 다들 모여 있는데요?" 재경이 말릴 새 없이 영수와 혜원에게 걸어가 흙이 담긴 비닐봉지와 손목시계를 내려다봤다. “이게 뭔데?”

“여기 잠깐 있다 나간 제 친구가 굴에 시계를 놓고 갔는데,” 혜원이 선우를 쳐다보며 입을 열었다.

재경이 답을 구하듯 선우를 바라봤다. “놓고 갔는데?”

선우가 영수와 혜원의 눈치를 보다가 재경의 말을 받았다.

“갔는데…… 제가 우연히 발견해서 혜원 씨한테 준 거예요. 친구분 갖다드리라고.”

혜원의 입가에 엷은 웃음이 번졌다. 재경이 손목시계를 집어들었다.

“그거 내려놔.” 영수가 위협적으로 말했다. “남 일에 끼어들지 말고 나가라고, 어?”

“다 망가진 시계 같은데 뭘 갖다줘요.” 재경이 손목시계를 든 채 그들에게서 몇 걸음 물러섰다. 그가 시계 스트랩을 천장등에 비춰 봤다. “이상한데. 이거 핏자국 아니에요?”

“줘요, 빨리.” 혜원이 재경에게 손을 뻗었지만, 재경이 화장실 문 앞으로 몸을 피했다.

“뭔데 맨날 나만 빼고 얘기해. 이런 것도 텃세예요.” 재경이 말했다.

“진짜 별일 아니에요.” 혜원이 과하게 미소 지으며 말했다. “제 친구 시계 맞고 제가 가져다주려고요. 이제 됐죠?”

“아니, 제대로 말을 안 해주니까 궁금해서 그런 거지.” 재경이 손목시계를 쥔 채 볼멘소리를 했다.

“그러니까 그냥 내려놓으라고.” 영수가 험상궂은 얼굴로 윽박질렀다.

“저기요.”

선우가 나지막이 말했다. 세 사람이 선우를 돌아보자 그가 카사블랑카 포스터를 가리켰다. 작은 비행기와 총을 든 남자 주인공이 초록색으로 물들었다.

“숨어.” 영수가 말했다.

영수와 혜원이 검은 천을 꺼내 드는 사이 선우는 어리벙벙한 얼굴로 서 있었다. 재경이 선우에게 다가와 그를 큰 테이블 아래로 밀어넣었다. 얼떨결에 테이블 아래로 들어간 선우가 쭈그려 앉아 밖을 내다봤다. 테이블에 검은 천이 드리우더니 영수가 배낭을 챙겨 선우와 재경 곁으로 들어왔다.

“자주 이래요?” 선우가 재경에게 소곤거렸다.

재경이 대답하려 선우를 돌아봤다. 영수가 그 틈을 타 재경이 쥔 손목시계를 낚아챘다. 재경이 시계를 되찾으려 손을 뻗었다. 영수가 재경의 손을 피해 몸을 굽히다가 시계를 놓쳤다. 시계가 검은 천 밖, 카운터와 테이블 사이로 튕겨나갔다.

“시계.” 재경이 카운터 쪽으로 나가려는데 지하실 문이 열리는 소리가 들렸다. 영수가 재경의 옷을 잡아당겼다. 엉덩방아를 찧은 재경이 신음을 참고 영수를 노려보았다. 영수가 숨을 죽이고 계단과 지하실 문이 있는 천 너머를 바라봤다.

“주호냐?” 걸걸한 목소리의 여자가 계단을 내려왔다. 머뭇거리는 발소리가 카운터 쪽으로 움직였다.

큰 테이블 밑에 숨은 세 사람이 천 아래 보이는 털 슬리퍼를 눈으로 좇았다. 슬리퍼를 신은 발이 280밀리미터는 되어 보였다. 발은 손목시계가 놓인 카운터와 테이블 사이를 지나 책꽂이 가까이에서 멈췄다. 곤봉 끄트머리가 툭 떨어져 바닥에 닿았다.

"주호 얘는 불도 안 끄고." 여자가 중얼거렸다.

선우가 처음 고라니 매점에 온 날, 문틈 너머로 보았던 1층 풍경을 떠올렸다. 햇빛이 앉은 주전자와 컵, 라디오를 따라 흥얼거리는 목소리. 은희 씨에게 들키면 안 됩니다. 그날 주호는 그렇게 당부했다.

은희가 곤봉을 끌며 길을 되돌아갔다. 선우는 카운터와 테이블 사이에 놓인 손목시계를 응시했다. 은희의 발이나 곤봉에 시계가 닿지 않기를, 은희가 끝내 시계를 보지 못하기를 빌었다. 그래야 무사히 보증금을 받고 이곳에서 나갈 성싶었다. 선우가 배낭을 안은 팔에 힘을 주었다.

손목시계가 털 슬리퍼에 가려졌다가 다시 드러났다. 은희가 시계를 지나쳤다. 선우가 몸의 긴장을 풀고 재경과 영수를 돌아보았다.

그 순간 부스럭거리는 소리와 함께 은희의 하체가 조금씩 가라앉았다. 무릎과 허벅지, 어깨와 머리가 테이블 아래까지 내려왔다. 고개를 돌리고 천을 거두면 그들과 눈이 마주칠 높이였다.

은희가 손목시계를 들어올렸다. 그녀는 말없이 곤봉과 시계를 들고 계단으로 돌아갔다. 지하실 불이 꺼지고 문이 열렸다 닫히는 소리가 들렸다.

카사블랑카 포스터에 다시 초록 불이 들어왔다.

"와." 재경이 나지막이 말했다. "쫄려 뒈지는 줄 알았네."

그들이 하나둘 테이블 밖으로 나왔다. 선우가 의자 하나를 천 밖으로 빼 주저앉았고 재경이 그 옆에 앉았다. 혜원이 계단으로 올라가 문이 잘 닫혔는지 살피고는 카운터 쪽으로 돌아왔다.

"배 사장 엄마죠?" 재경이 물었다. "가까이에선 처음 봤네."

"이제 어쩔 거야." 영수가 낮은 목소리로 물었다.

혜원이 당혹스러운 얼굴로 그를 보다가 웃음 지었다. "별일 없을 거예요."

"도대체 저 손목시계가 뭔데요. 얘기 좀 해봐요." 재경이 혜원에게 다가섰다.

아무도 재경에게 대답하지 않았다.

"배 사장한테 연락하자. 번호 알아?" 영수가 혜원에게 물었다.

혜원이 고개를 저었다. "사장님 올 때까지 기다리죠? 어차피 은희 씨 곧 주무실 텐데."

"그 전에 은희 씨가 신고하면 어떡하고."

"에이, 손목시계 하나로 신고까지 하시겠어요?"

"저는 아무것도 못 본 걸로 할게요." 선우가 배낭을 안고 그들에게 걸어갔다. "누가 보증금만 꺼내주시면……."

"답답하네." 재경이 선우의 어깨에 손을 둘렀다. "우리가 여러분을 도울 수도 있는 거잖아요. 나 되게 괜찮은 인적 자원인데?"

선우가 어깨에 얹힌 재경의 손을 돌아봤다. "전 오늘 나갈 건데요."

혜원이 한숨을 내쉬었다.

"그냥 다 말할게요. 이게 뭐예요, 무슨 죄라도 진 사람처럼." 혜원이 말했다.

영수가 그녀를 쳐다봤다.

"그거 제 친구 시계 맞고요, 친구 피가 좀 묻었어요." 혜원이 말을 이었다.

"아휴, 진짜." 영수가 지하실 안쪽으로 걸어가 의자 하나를 거칠게 넘어트렸다.

혜원이 영수를 힐긋 본 뒤 말을 이었다. "미안해요, 선우 씨. 모르면 괜찮을 거라고 생각했어요."

"왜…… 무슨 사고라도 난 거예요?" 선우가 불안한 얼굴로 물었다.

혜원이 몇 마디 말을 삼키다 이내 입을 열었다. "친구가 자살 시도를 했어요."

영수가 다시금 엄지를 문질렀다.

"병원 데려다주고 나서 제가 다 정리했는데 못 챙긴 게 있었나봐요." 혜원이 덧붙였다.

"어쩌다가요?" 재경이 물었다.

"그만해. 뭐 좋은 얘기라고 물어봐." 영수가 그들을 돌아봤다.

"일이 있었어요." 혜원이 말했다. "안 좋은 일을 당하기도 했고 그 뒤에도…… 아무튼 많이 힘들어했어요. 제가 발견하고 바로 병원으로 데려갔는데 친구 집에 연락하니까 가족들이 와서, 그 길로 부모님이랑 동생들 사는 집으로 갔어요."

"안 좋은 일 뭐요?" 재경이 물었다.

"처음 여기 왔을 때 어떤 사람이 저희가 굴 파는 걸 도와줬어요. 좋은 사람이 아니었는데 몰랐어요. 그때는 친구랑 굴을 같이 썼는데 그 사람이 친구 혼자 있을 때 저희 굴에 들어갔더라고요. 나중에 알았어요." 덤덤한 얼굴로 말하는 혜원의 손이 조금씩 흔들렸다.

"그래." 영수가 말을 받았다. "그러니까 다들 웬만하면 어디 사는지 공유하지 말라는 거야. 서로를 경계하고."

"혼자 있을 때 굴에 들어갔다고요? 그래서?" 재경이 묻다가 스스로 대답을 알아낸 듯 미간을 찌푸렸다. "아, 거 빌어먹을 새끼네."

"빌어먹을 새끼는 배 사장이 바로 쫓아냈고, 다 끝난 일이야." 영수가 그들의 시선을 피하며 덧붙였다.

"근데 뭘 그렇게 걱정해요? 누가 죽은 것도 아니고." 재경이 허리에 손을 짚었다.

영수가 한 대 칠 듯한 얼굴로 재경을 바라봤다.

“아니, 그렇잖아요. 시계에 피 묻은 걸로 신고당하면 친구한테 얘기해달라고 하면 되지.” 재경이 덧붙였다.

“괜히 일 커질까봐 걱정돼서 그렇죠.” 혜원이 웃어 보였다. “여기서 지내는 거 들키면 안 되잖아요. 다 쫓겨날 수도 있고.”

선우가 혜원이 소개해준 굴에서 느낀 냉기와 그곳에 고였을 피를 생각했다.

“하긴 그러네. 그럼 한가롭게 설명이나 할 때가 아니네요.” 재경이 어쩐지 들뜬 목소리로 말했다. “한 번 다 같이 올라갔다 오죠? 은희 씨한테 말씀드리고 시계 받아옵시다.”

“뭘 말해.” 영수가 답답해하며 계단을 막아섰다. “절대 안 돼. 배 사장 난리 난다.”

“그럼 은희 씨 잘 때 몰래 가져올까요?” 재경이 영수에게 다가갔다.

“가져오긴 뭘 가져와.” 영수가 계단 위를 흘깃 바라봤다.

“저 진짜 살살 걸어요. 부모님 돈도 좀 슬쩍 해봤고…….”

재경과 영수가 대화를 나누는 사이 선우가 혜원을 바라봤다. 혜원은 입을 다문 채 움켜쥔 손을 내려다보고 있었다.

“죄송해요. 제가 괜히 손목시계를 갖고 나와서…….” 선우가 그녀에게 말했다.

혜원이 손에 시선을 고정한 채 아니라고 대답했다. 정신을 다른 곳에 둔 사람처럼 흐릿한 목소리였다.

그들이 각자 대화를 이어가는 사이 카사블랑카 포스터에 들어온 불이 꺼지고 비행기와 총을 든 남자 주인공이 회색으로 돌아갔다.

*

은희가 지하실 문에서 손을 떼고 몸을 일으켰다. 오가는 대화가 모두 들리지는 않았지만, 몇 가지 단어는 알아들을 수 있었다. 지하실에 숨은 사람들은 배 사장과 시계에 대해 말했고 은희의 이름도 언급했다. 은희가 철제 선반에 올려둔 손목시계와 곤봉을 집어들고 1층 창고를 나갔다.

제대 후, 소개받은 일이며 사업을 하겠다고 밖으로 돌던 주호는 서른아홉에 매점으로 돌아왔다. 잠적한 동업자는 찾지 못했고 갚아야 할 돈만 남았다고 했다. 은희는 아들을 집으로 들이고 긴 시간에 걸쳐 그의 빚을 갚았다. 오십이 되어가도록 제 엄마와 사는 아들, 모자란 아들을 먹여살리느라 칠십이 넘어서도 일하는 여자, 주변의 시선에도 은희는 혈혈단신으로 40년 가까이 매점을 일궈왔다는 자부심이 있었고 주호 또한 그 자부심의 일부였다. 하나 남은 가족이자 성공해야 한다는 일념으로 그녀를 내몰던 존재, 바쁜 와중에 홀로 잘 자라준 아이, 그게 주호였다.

매점 밖으로 나가는 미닫이문에 손을 얹은 채 은희는 다음 일을 생각했다. 관리소장이나 경찰을 부를 상황은 아니었다. 경찰에 신고한다고 해도 당장 도움을 기대하기는 어려웠고 관리소장이든 경찰이든 섣불리 불렀다가 영업 신고 문제로 불똥이 튈지도 몰랐다. 이제 와 음식점 영업 허가를 받으려면 매점의 상당 부분을 뜯어고쳐야 했다. 30년 전 적강산에 휴양림이 들어설 때도 지켜낸 일터였다. 누군지도 모를 침입자들 때문에 밥줄을 빼앗길 수는 없었다.

짧은 시간 동안 은희는 지하실의 무뢰배에게 맞설지, 맞선다면 곤봉이나 휴대폰 중 무엇을 들지, 그러지 않으면 집을 나가 어디로 도망갈지, 휴양림 여자 숙직실이 비어 있을지 생각했다. 남녀 두세 명으로 짐작되는 무뢰배는 밤늦게 들어와 매점 화장실에서 샤워를 했고 흙이 묻은 신발 자국을 남긴 채 지하실에 들어갔다. 뒤늦게 발자국을 발견한 은희가 지하실로 내려갔을 때는 테이블 밑에 숨어 나오지 않았다.

은희는 지하실 바닥에 떨어진 손목시계를 발견하고 바닥을 굽어보던 순간, 그곳에 누군가 있음을 확신했다. 핏자국이 남은 시계와 주변에 떨어진 흙 부스러기가 심상치 않았다.

처음에야 일단 지하실에서 무사히 나가야 한다고 생각했지만, 막상 나오고 보니 의아한 점이 한둘이 아니었다. 그들은 선부르고 방어적이었으며 주호와 은희의 이름을 알고 있었다. 특정한 목적이 있는 게 분명했다. 어쩌면 은희와 매점을 오래 관찰해왔는지도 몰랐다. 은행 ATM에서 비번을 누르는 은희를 곁눈질하고 통장을 노려 침입한 걸 수도 있었다.

은희가 방에 들어가 서랍 속 통장과 인감을 챙겼다. 주호 방도 뒤져 귀중품을 모았다. 주호 방을 살피느라 시간이 좀 걸렸고 숨길 곳을 찾는 데 더 오랜 시간이 걸렸다.

모은 물건을 주방 찬장에 넣고 장문을 닫았을 때 창고 바닥문이 열리는 소리가 들렸다. 그녀가 서둘러 홀 조명을 끄고 칸막이 뒤 소파에 몸을 숨겼다. 다른 선택을 할 시간이 없었다. 어쨌거나 그들은 많아야 셋인 듯했고 그녀를 직접 해칠 생각도 없어 보였다. 칼을 들고 협박해봐라, 여기서 한 푼이라도 가져갈 수 있나. 은희가 곤봉을 들어올리며 생각했다.

"방문 닫혀 있는데?" 발소리와 소곤거리는 소리가 들렸다.

"제 말 듣길 잘했죠? 혼자 올라와서 그 작은 걸 어떻게 찾냐고요. 초침 소리도 안 들리잖아요."

"방에 갖고 들어가신 거 아니에요?"

무뢰배는 기척을 숨길 생각도 없어 보였다. 은희는 어둠 속에서 그들의 발소리와 목소리를 구분해가며 숫자를 셌다. 하나, 둘, 셋, 넷. 그들이 주호와 은희의 방문을 열었고 주방을 살폈다.

곤봉으로 제압하기에 남자 셋과 여자 하나는 너무 많았다. 은희가 오른손에 들린 손목시계를 내려다봤다. 그들이 찾는 게 시계라면 눈에 띄는 곳에 시계를 놓아두면 될 일이었다. 지금이라도 시계를 칸막이 밖에 내놓으면 어떨까. 그러다 소리가 크게 나면, 그들이 시계를 보지 못하고 계속 다가온다면. 그녀가 고개를 저었다.

"가만히 있지 말고 저 안쪽 좀 봐봐요."

"예? 제가요?"

"얼른."

발소리 하나가 점점 가까워졌다. 은희가 소리를 죽이고 소파에 앉았다. 왼손에 든 곤봉을 소파 옆에 숨기고 등받이에 몸을 기댔다. 누군가의 숨소리가 들렸다. 은희가 눈을 감고 자는 척했다. 크게 숨을 쉬었는데 생각보다 숨결이 거칠지 않아서 입을 벌리고 의식적으로 코 고는 소리를 냈다. 드르렁거리는 소리가 비강과 고막을 채우자 주변 소리가 잘 들리지 않았다. 은희는 정성스레 헛코를 골면서 누군가 그녀 손에서 시계를 가져가거나 그녀가 잠들었다고 착각해 돌아서기를 기다렸다.

입에 고인 침을 삼키지 않으려니 고역이었다. 체감으로 10초, 20초가 지났는데 아무 일도 일어나지 않았다. 은희가 슬그머니 눈을 떴다.

눈앞에 누군가의 옆머리가 보였다. 은희가 놀라 숨을 멈추었다가 마치 코를 고는 과정인 것처럼 다시 헛코를 골았다. 누군가 그녀의 손 위로 고개를 숙여 아주 천천히 시계를 빼내고 있었다. 귀밑까지 오는 곱슬머리와 얇은 눈, 은희가 긴장한 듯한 남자의 얼굴을 유심히 바라봤다. 반집업 터틀넥을 입은 남자는 도통 강도처럼 보이지 않았다. 그때 남자가 고개를 들었다. 어둠 속에서 그들의 눈이 마주쳤다. 남자가 놀라 그녀를 쳐다보았다.

"찾았어?" 누군가 속삭였고 남자가 고개를 돌렸다. 은희는 그 틈에 다시 눈을 감았다. 코 고는 것도 잊지 않았다.

"왜 티비도 끄고 저런 데서 자고 계시지."

"허리 아프실 텐데."

"찾았으면 빨리 오지. 배 사장 올 시간 다 됐어."

발소리가 멀어지고 멀리 지하실 문이 열렸다 닫혔다. 문이 닫히는 소리를 들은 뒤에도 은희는 한동안 눈을 감은 채 코를 골았다. 눈을 뜨고서도 티비와 벽지를 응시한 채 아무도 없다는 확신이 들 때까지 기다렸다. 이윽고 그녀가 칸막이 밖으로 나와 창고로 향했다.

"도대체 쟤들은 누군데 남의 지하실을 제집처럼 드나드는 거야."

은희가 어둠에 잠긴 지하실 문을 내려다봤다.

*

지하실에 돌아간 네 사람은 곧바로 짐을 챙겨 라운지를 나섰다. 영수는 미리 사둔 '해결사' 묶음을, 재경은 배달된 책을, 혜원은 손목시계를 가져갔고 선우는 마지못해 텐트와 침낭을 구매했다.

패딩과 배낭에 침낭, 텐트까지 짐 여러 개를 들고 엎치락뒤치락하며 굴에 도착한 뒤에야 선우는 텐트를 펴기에 굴이 너무 좁다는 사실을 알았다. 짐을 그대로 둔 채 입구 가까이 앉아 하루가 지나기를 기다렸다. 주호가 라운지 문을 열면 침낭과 텐트를 반납하고 보증금을 돌려받을 생각이었다. 등 떠밀려 돌아오긴 했지만, 라운지가 열 때까지 시간을 어떻게 보내야 할지 막막했다.

멀리 헛기침 소리가 들리고 누군가 굴 가까이 기어왔다. 선우가 황급히 배낭을 열어 야전삽을 찾았다.

"자나?" 영수의 목소리가 들렸다.

선우가 야전삽을 든 손을 배낭 뒤로 숨겼다. "무슨 일이세요?"

"나와봐."

"예?"

"굴 좀 넓혀줄 테니까, 나와봐."

영수가 등에 멘 긴 가방에서 삽을 꺼내 들었다. 야전삽을 쥔 채 얼어 있던 선우가 철삽을 보고는 굴 안으로 물러섰다. 여러 번의 협박과 망설임 끝에 선우가 굴 밖으로 나가고 영수가 굴 안으로 들어갔다.

두 시간이 조금 넘자 굴은 원터치 텐트를 펴고도 30센티미터가 남을 만큼 넓어졌다. 원래 크기의 세 배가 넘는 넓이였다. 영수가 땀을 뚝뚝 흘리며 숨을 몰아쉬었다. 선우가 텐트를 펼쳐 한쪽 벽에 붙이고 짐과 침낭을 정리한 뒤 영수에게 앉기를 권했다. 선우가 물을 건네자 영수가 고개를 저었다.

"굴을 되게 잘 파시네요." 선우가 말했다.

"뭘 또 잘 파기는."

"근데 전에는 나가라고 하시더니 갑자기 왜……."

영수가 짐짓 인상을 쓰며 그를 바라봤다.

"……죄송합니다."

영수가 기다란 가방에서 물을 꺼내 마셨다.

"여기가 그렇게 힘들기만 하진 않아. 익숙해지면 여기만 한 데도 없다니까. 다른 사람 신경 안 써도 되고 이렇게 산다고 손가락질받을 일도 없고 그냥 내 몸만 좀 고단하면 되거든. 그래서 오래 머무는 사람도 많아. 차라리 몸이 괴로운 게 낫다는 거지."

"아무리 그래도 너무 힘든 것 같아요. 저 같은 사람은……."

"너 같은 사람이 뭐. 오늘 보니까 배짱 좋던데."

"제가요?"

"그럼. 아까 너 아니었음 일 커질 뻔했다. 맹하게 생겨가지고 손재주도 좋더라?"

뭔가를 잘 훔친다는 말이 욕인지 칭찬인지, 선우는 혼란스러웠지만 동시에 부모뻘 어른에게 인정받았다는 생각에 마음이 달떴다. 선우가 웃음을 참으려 입을 실룩였다.

"며칠만 더 있어 봐. 괜찮아질 거야."

영수가 선우의 어깨를 치고 굴 밖으로 나갔다.

"있을 거지?"

선우가 얼떨결에 고개를 끄덕였다.

"그래." 영수가 통로에 엎드리더니 가방 끄는 소리를 내며 사라졌다.

선우는 침낭에 누워 헤드랜턴 빛이 스며든 텐트 천장을 바라봤다. 텐트와 침낭은 필수라는 주호와 영수의 말이 그제야 이해가 갔다. 침낭에 누워 젖은 흙냄새를 맡자니 비가 그친 오후에 캠핑하는 기분이 들었다. 손목시계를 되찾았을 때 세 사람이 보인 미소, 영수가 텐트에 앉아서 건넨 칭찬이 자꾸 생각났다.

새로 단장한 굴에서 선우는 이틀 동안 길고 나른한 꿈을 꿨다. 잠에서 깬 뒤에도 한참을 누워 뒤척였다.

그러다 문득 어떤 사실을 떠올렸다.

그는 영수에게 굴 위치를 알려준 적이 없었다.

찜찜한 일이었다. 어떻게 알고 찾아왔을까. 이런저런 추측을 해봤지만 쉽게 답이 나지 않았다. 선우는 끝없는 가정과 결론 끝에 새 굴을 파기로 결심했다.

침낭 밖으로 나와 야전삽과 파이프 지도를 꺼냈다. 잠을 푹 잔데다 몸도 따뜻해서 이번엔 할 수 있다는 자신감이 들었다. 이왕 새로 만든다면 바람이 불고 빛이 내리쬐는 보금자리를 파고 싶었다. 지도를 들고 파이프가 지나는 길에 손톱으로 선을 그었다. 지도의 모든 파이프 길에 자국을 내니 팔 수 있는 땅이 선명하게 보였다.

터널로 나가 새로 파고 들어갈 곳을 찾았다. 굴을 소개해주던 날 혜원이 했던 말을 기억해 벽에 표시가 새겨진 곳은 피했다. 이미 길이 난 곳도 그대로 지나쳤다. 터널 중간쯤에 새 통로를 파고 입구에 무늬를 그렸다.

며칠 동안 선우는 새 굴과 예전 굴을 오가며 작업했다. 굴터를 잡은 뒤에는 햇빛이 드는 굴을 만들기 위해 천장을 깎아내려갔다. 굴을 새로 파는 일은 쉽지 않았다. 반쯤 누워 천장의 흙을 긁다 보면 10분도 되지 않아 팔과 어깨가 아팠다. 그러면 마음껏 신음을 내며 누웠다가 힘이 돌아오면 다시 움직였다. 규칙을 지켜서인지 다른 사람을 마주치는 일은 없었다. 혜원이나 재경을 제외하면 굴에 사는 사람 대부분은 좀처럼 굴 밖으로 나오지 않는 것 같았다.

선우는 일하고 싶을 때 일하고 쉬고 싶을 때 쉬며 굴을 만들었다. 정체 모를 노래를 부르거나 혼잣말을 중얼거렸고 눈이 감기면 그대로 잠을 청했다. 그러다 쉬는 게 지겨워지면 다시 작업을 시작했다.

마침내 허리를 굽혀 앉을 정도로 천장을 높이자 머리 위에 굵은 나무뿌리가 나타났다. 나무뿌리는 그대로 두고 주변에 있는 흙을 긁어 떨어트렸다. 다른 나무뿌리가 나오면 옆으로, 또 나오면 그 옆으로 움직였다. 어느 순간 손바닥 반만 한 돌과 흙이 후드득 떨어지더니 바람이 훅 끼쳐왔다. 밖으로 난 구멍을 손목만큼 넓히고 주변의 흙을 단단히 다진 뒤 바닥에 누웠다.

구멍으로 보이는 하늘은 밝고 파란 뭉텅이로 보였다. 조금씩 나뭇잎과 가지가 눈에 들어왔다. 팔베개를 하고 눈을 감았다. 잎이 바람에 흔들리는 소리, 새와 다람쥐가 우는 소리를 들으며 설핏 잠이 들었다가 쏟아지는 빛에 눈을 떴다.

희망찬 낮이었다. 발목에 힘이 실릴 때마다 통증이 느껴지고 어깨뼈 사이와 손목이 결렸지만, 어렴풋하게 그리던 보금

자리가 눈앞에 보이는 듯했다. 천장 구멍을 넓혀 밖으로 얼굴을 내밀었다. 잘린 나뭇가지와 낙엽이 굴 안으로 떨어졌다. 몸을 일으켜 구멍에 걸터앉았다. 굴 바로 위는 숲이었고 5미터 정도 떨어진 곳에 산책로가 있었지만, 사람은 보이지 않았다. 누군가 오더라도 재빨리 몸을 숨길 수 있는 나무와 바위가 널려 있었다.

왜 진작 이 생각을 못했을까. 선우가 입을 벌리고 웃었다. 뭐든 잘 해낼 듯한 기분이 들었다. 머릿속이 맑고 희망찼는데, 그에게 그런 날은 드물었기에 버릇처럼 드는 불안과 의심을 못 본 척 지나쳤다.

상체를 밖에 내놓은 채 굴 바닥의 흙을 퍼 올렸다. 바닥이 낮아짐에 따라 굴 높이가 점점 올라갔다. 골반 높이에 있던 굴 구멍이 배꼽까지 올라왔을 때 주변에서 뭔가 움직이는 게 느껴졌다. 고개를 들자 산책로에 선 아이가 보였다. 기울어진 삽에서 흙이 소르르 흘러내렸다.

봤을까. 선우가 천천히 삽을 내렸다. 아이의 키는 작았고 주변에는 낙엽과 관목 가지가 무성했다. 어쩌면 선우의 얼굴만 보았을 뿐 삽이나 굴 구멍은 보지 못했을지도 몰랐다. 선우가 가까운 바위에 상체를 기대고 휘파람을 불었다. 잘하면 아이가 보는 각도에서는 바위에 기대앉은 사람처럼 보일 것 같았다. 힘차게 첫 음을 부는데 문득 영화에서건 드라마에서건 뭔가 켕기는 인물이 휘파람을 분다는 생각이 들었다. 그가 아이를 힐긋 바라보았다. 그 순간, 아이가 뒤돌아 산책로를 달려나갔다.

"아니, 잠깐만," 선우가 서둘러 굴에서 나와 아이를 쫓아갔다. "여기 뭘 떨어트려서 줍느라 그런 거야!"

아이는 갈래 길에서도 망설이지 않았고 데크 길은 물론 흙길이 나온 뒤에도 종종거리며 잘도 뛰어다녔다. 선우가 멈추라고 외쳐도, 흙길에 미끄러져 외마디 소리를 질러도, 뒤돌아보지 않았다.

20여 분을 달렸을까 어딘가 익숙한 풍경이 나왔다. 선우가 다람쥐의 집이라고 적힌 표지판 앞에서 멈춰 섰다. 어느새 붉은 박공지붕을 올린 산장 뒷길에 서 있었다. 산장 창문에 드리운 커튼이 보였다. 몸을 낮추고 산장을 지나자 언덕 아래로 이어지는 나무 계단이 나타났다. 선우가 언덕 밑 주차장과 고라니 매점을 내려다봤다. 매점 마당에 놓인 일체형 야외 테이블 옆에 주호와 처음 보는 남자가 서 있었다. 아이가 고라니 매점으로 달려 내려갔다.

"아빠!" 아이가 소리쳤다.

선우가 재빨리 주변 나무에 몸을 숨겼다.

"아빠, 저기에!" 아이가 낯선 남자의 옷자락을 잡으며 선우가 있는 비탈을 가리켰다.

"잠깐만. 아빠 주호 삼촌이랑 얘기하잖아." 남자가 귀찮다는 듯 아이를 떼어냈다.

선우가 몸을 수그리며 그들의 대화에 집중했다. 아이가 남자에게 매달리며 떼를 쓰자 남자가 목소리를 높였다.

“내가 주호 너한테 안 좋은 일 시키겠냐? 이참에 일도 배우고 좋잖아. 야, 너는 사람이 말하면 대답을 좀 해라.”

주호가 허둥거리며 고개를 끄덕였다. “네, 그렇죠.”

“여사님 힘드신데 언제까지 얹혀살 거야. 나이 마흔일곱에 그거 진짜 매력 없다?”

“저 같은 놈이 뭐, 누가 좋다고 하면 모시고 살아야죠.” 주호가 소리 내 웃었다.

“그게 자랑이야? 아휴. 하여튼 와서 며칠만 해. 알았지?”

“…….”

“안 오기만 해.” 남자가 으름장을 놓는데 매점 문이 열렸다.

“또 우리 아들 괴롭히고 있어?”

은희가 나오자 주호를 위협하던 남자가 슬슬 눈웃음을 지었다.

“아니, 다 큰 친구가 노느니 일하면 좋잖아. 여사님, 요새 매점 바빠요?”

“바빠도 우리 소장님만큼 하겠어? 밥은?”

“대충 먹었지.”

“들어와서 제대로 먹고 가. 파김치 잘 익었어.”

“아, 내가 파김치 좋아하는 건 어떻게 아시고.”

“먹고 좀 가져가. 파김치는 삭으면 맛없어.”

은희가 관리소장의 아들을 챙겨 매점으로 가자 소장이 그녀를 따랐다. 주호는 그들을 쫓는 대신 잔돌을 차며 마당을 어정거렸다.

선우는 주호가 시야에서 사라질 때까지 그곳에 있다가 발길을 돌렸다.

*

선우가 바짓자락을 올리고 살갗이 벗겨진 무릎을 살폈다. 걸을 때마다 상처가 시큰거리고 괜히 다리를 절룩이게 됐다. 손바닥에도 점점이 생채기가 났다.

다람쥐의 집 뒷길을 지날 때는 다시 몸을 낮췄다. 커튼이 쳐진 창문 너머에서 사람들이 떠드는 소리, 아이 하나가 자지러지게 웃고 뛰어다니는 소리, 그릇이 탁자에 놓이고 젓가락이 부딪는 소리가 들렸다. 허리를 잔뜩 굽힌 선우의 눈에 흙 묻은 바지가 보였다. 철 지난 카고 바지가 새삼 초라했다. 그가 주변을 둘러보고 허리를 세웠다. 어딘가에 숨고 싶었지만, 땅속으로 돌아가고 싶지는 않았다.

멀리 산책로를 걸어 내려오는 사람이 보였다. 선우는 길 왼쪽의 내리막과 오른쪽의 오르막을 두리번거리다 경사가 비교

적 완만한 오른쪽 언덕을 걸어 올라갔다. 풀과 바위에 몸을 숨겼다고 생각했는데 산책로를 걷던 사람이 그가 앉은 곳을 빤히 쳐다봤다.

"선우 씨."

선우가 고개를 들어 빡빡머리를 한 재경을 바라보았다. 재경이 태연한 얼굴로 쌍꺼풀진 눈을 끔벅였다.

"여기서 뭐 하세요?" 선우가 얼떨떨한 얼굴로 물었다.

재경이 코웃음을 쳤다. "이쪽은 CCTV 없어서 괜찮아요."

선우가 일어나 바지를 털었다.

"어! 선우 씨 울었어요?"

"아니요." 선우가 얼굴을 돌렸다.

"울었네. 넘어졌구나?"

"아니, 저기…… 굴을 파는데 어떤 애가 와서요."

"애?"

"여기 관리소장 아들인 것 같아요. 키가 한 이쯤 되는 애였는데."

"그 꼬맹이." 재경이 미간을 찌푸렸다. "걔 조심해야 돼요. 소장 막둥인데 학원 안 가는 날은 종일 여기 돌아다녀. 특히 화요일, 목요일 2시쯤부터는 무조건이에요. 안 돌아다니는 데가 없어."

"재경 씨도 들킨 적 있으세요?"

"나는 없죠." 재경이 픽 웃었다. "근데 들켜도 어쩌겠어요.

나는 나와야 하는 이유가 있거든요, 밖에서도 하는 일이 있어서. 그리고 사람이 어떻게 맨날 땅속에만 있어요. 시체도 아니고."

재경이 선우를 지나쳐 산책로 오른쪽 오르막을 올라갔다. 선우가 재경을 따라야 할지 굴로 돌아가야 할지 몰라 서 있는데 재경이 그를 돌아봤다.

"같이 갈래요?" 재경이 물었다. "달리 할 것도 없어 보이는데."

선우는 재경의 해맑은 얼굴과 기분 나쁜 말 중 무엇에 집중할지 고민하다 전자를 선택했다. 무릎도 아프고 혼자 굴을 파거나 기어다닐 기분이 아니었다. 선우가 재경을 따라 가지를 헤치고 산을 올랐다. 이윽고 누가 앉은 흔적이 남은 수풀에 도착하자 재경이 노트와 책을 꺼냈다. 그가 노트 세 장을 찢어 선우에게 건넸다. 선우가 재경 옆에 앉아 펜과 종이를 받았다.

"그림 잘 그려요?" 재경이 목소리를 낮춰 물었다.

"왜요?"

"저기 느티나무 윗동에 둥지 보이죠. 그거 말고 저쪽에 껍데기 벗겨진 나무 있잖아요."

"둥지? 저 구멍이요?"

"그게 오색딱따구리 둥진데 어제부터 동고비가 거기 집을 짓고 있어요. 걔네는 집 지을 때 둥지 구멍에 진흙을 발라서 입구를 좁히거든요. 어제 열심히 바르더니 그새 다 떨어졌네."

선우가 재경이 가리킨 느티나무를 유심히 바라봤다. 나무 위쪽에 난 둥지 구멍에 진흙 부스러기가 붙어 있었다.

“아마 또 올 것 같거든요? 일단 지금 시간 적으시고 동고비가 왔다 갈 때마다 시간 확인해서 적어줘요. 혹시 오색딱따구리 오면 바로 저 부르고요. 큰 소리는 내지 말고 이렇게, 등만 쳐요.”

“저…… 동고비가 어떻게 생겼죠?”

“일단 뭐든 오면 말해요. 나는 오늘 하늘다람쥐가 나오나 보려고요. 야행성이긴 한데 어제 낮에 근처 가지에서 봤거든요.”

선우가 텅 빈 종이를 내려다봤다.

“시간이랑 또 뭘 적어요?”

“그냥 보이는 거 다요. 진흙을 얼마나 갖고 오는지, 뭘 하다 가는지……. 둥지를 동그랗게 그린 다음에 진흙을 얼마나 발랐는지 빗금으로 표시하면 편해요.”

“새도 그릴까요?”

“응?”

“아까 저한테 그림 잘 그리냐고 하셔서요.”

“그려봐요, 그럼.”

재경이 쌍안경을 들고 근처 나무를 번갈아 바라보았다.

선우가 콧물을 조금씩 훌쩍이며 딱따구리 구멍을 주시했다. 변함없는 모습에 지루해질 때쯤 회색 새 한 마리가 날아왔다.

“저기요. 뭐 왔어요.” 선우가 속삭이며 재경의 등을 쳤다.

"저게 동고비. 보면 좀 둥그렇고 눈에 검은 선이 있잖아요. 오색딱따구리는 검은색에 흰 반점이 있고 더 기다래요."

선우가 고개를 내밀고 동고비와 구멍을 지켜보았다. 동고비가 조그만 부리로 구멍을 쪼아 진흙을 붙이고 다듬는 모습에 넋을 잃었다가 어느 정도 익숙해진 뒤에는 동고비를 그리기도 했다.

"재경 씨는 여기 온 지 얼마나 되셨어요?" 동고비 그림이 종이 한 장을 앞뒤로 채웠을 때 선우가 물었다.

"올해 초에 들어왔으니까 한 3개월?"

"얼마 안 됐네요?"

"짧아도 겪을 건 다 겪었다고 봐야죠."

"어떻게 들어오셨어요? 그…… 불편하면 대답 안 하셔도 되고요."

"뭐, 불편할 건 없는데 그냥 저렴하게 있을 곳이 필요했어요. 흔들리지 않고."

선우가 우수에 잠긴 재경의 옆얼굴을 바라보았다. 처음에는 피하고만 싶었는데 다시 보니 삭발한 머리에 짙게 튀어나온 눈, 도드라진 입술이 꽤 진중하고 사연 있는 사람처럼 보였다.

"그럼 좀 오래 계시겠네요? 아무래도……."

"글쎄요." 재경이 심각한 얼굴로 턱을 쓰다듬었다. "경기가 좀 좋아질 때까지?"

선우가 재경의 사연을 추측하려 애쓰며 그의 말에 귀 기울였다.

"퇴직금이랑 엄마가 넣어준 적금, 제가 모아둔 돈까지 다 끌어서 코인을 좀 샀거든요. 코인이라는 게 당장은 떨어져도 길게 보면 망할 수가 없는 자산이에요. 그니까 결국 오르긴 오를텐데 그때까지 보고 있자니 손절 안 하고 버틸 자신이 없어서요. 일단 반감기 지나면 좀 오를 테니까 내년 중순에 최소한만 익절해서 일부는 생활비로 쓰고 일부는 가격 떨어지면 더 투자할까 싶어요."

선우가 짐짓 이해한다는 표정으로 고개를 끄덕였다. "아, 코인 때문에……."

"선우 씨도 잘 생각해야 돼요." 재경이 진지한 얼굴로 말을 이었다. "어차피 조금 있으면 지금 일자리 대부분이 사라질 거거든요? 그러면 어떻게 먹고살지가 아니라 뭘 하고 싶은지, 그게 중요해지는 사회가 올 거예요. 그니까 나는 여기서 일종의 예행연습을 하는 거죠. 돈은 코인으로 버니까."

"예……."

코인을 팔까봐 들어왔다니. 선우가 자세를 편하게 고쳐 앉았다.

"저도 그냥 자고 싶어서 들어왔어요." 그가 불쑥 털어놓았다.

"응?" 재경이 선우를 돌아봤다.

"마음 편하게 자려고요."

"에이, 그건 좀 그렇다." 재경이 말했다.

"예?"

"어, 저기 오색딱따구리." 재경이 느티나무를 향해 쌍안경을 들더니 한동안 말없이 딱따구리를 관찰했다. 선우는 둥지와 재경과 주변 풍경을 돌아보며 재경의 관찰이 끝나기를 기다렸다.

"어쩌겠냐, 동고비들아. 남의 둥지에 살려면 분한 일도 견뎌야지." 재경이 쌍안경을 눈에 댄 채 말했다. "근데 한편으로는 재네가 좀 부럽지 않아요? 남의 집에 그냥 들어가서 살아도 부끄러워할 필요가 없잖아요. 일단 살아남는 게 중요하니까."

"글쎄요……." 선우가 동고비를 그린 노트를 내려다보며 중얼거렸다. "그게 좋을까요?"

재경은 대답하지 않았다. 그들은 말없이 관찰을 이어나갔다. 어스름이 내리자 재경이 쌍안경과 노트, 선우가 갖고 있던 종이를 챙겼다.

"이건 뭐예요?" 재경이 찌그러진 원에 세모, 작대기가 붙은 낙서를 가리켰다.

"그거 아까 둥지 짓던 애요." 선우가 대답했다.

재경이 종이를 대충 접어 넣었다.

"기가 막힌 데가 있는데 보여줄까요?"

선우가 재경을 따라 산을 내려갔다. 발이 잘 보이지 않을 정도로 시야가 어두워질 때쯤 나무 너머로 탁 트인 풍경이 나타났다. 재경이 자신만만한 얼굴로 선우를 돌아보더니 커다란 바위에 걸터앉았다. 붉게 물든 하늘이 능선을 따라 부드럽고 얇은 천처럼 이어졌다. 붉은빛과 남빛 사이에 온갖 색이 다 모인 것 같았다.

"굴을 새로 팔 거라고요?" 재경이 물었다.

"사실 거의 다 팠는데 하필 오늘 소장 아들이……."

"냄새는 안 났어요?" 재경이 선우의 말을 자르고 물었다.

"냄새요?"

"혹시 굴 파다가 구린내가 나면 절대 더 파지 마요. 그거 무시하고 파다가 다른 사람 똥이랑 구더기가 쏟아진다고. 재수 없으면 얼굴에 팍!"

선우가 고개를 뒤로 빼며 얼굴을 찌푸리자 재경이 소리 내 웃었다.

"내가 어떻게 알았냐면 그전에 두더지를 좀 찾아다녔거든요. 그렇게 하면 두더지한테 안 좋다고 해서 이젠 그만뒀는데 원래 두더지가……."

선우는 해가 완전히 질 때까지 재경 옆에 앉아 두더지 이야기를 들었다. 분명 앉아 있기만 했는데 재경과 헤어질 즈음에는 녹초가 되어 있었다.

"많이 피곤해 보이시네." 재경이 말했다.

두더지 얘기만 한 시간을 들었으니까요. 선우가 입 밖으로 나오는 말을 삼켰다.

"내가 팁 하나 줄까요? 여기서는 지금에 집중해야 돼요. 나중 말고 당장 하고 싶은 일을 생각해요. 오늘 뭘 하고 싶은지,

뭘 하면 즐겁고 시간 가는 줄 모르는지."

선우가 흐릿하고 어둑해진 재경의 얼굴을 보며 고개를 끄덕였다. 재경과 헤어진 뒤 선우는 새 굴로 돌아가 숲으로 나가는 구멍을 막았다. 어린아이라지만, 소장 아들이 굴을 보았으니 구멍을 그대로 두면 무슨 일이 일어날지 몰랐다. 선우는 당분간 몸을 사리다가 풍경 좋고 사람이 다니지 않는 곳에 새 굴을 파야겠다고 생각했다. 일단은 좀 자고.

그가 예전 굴로 돌아가 침낭에 몸을 누였다. 텐트 천장을 보는데 낮에 본 주호가 생각났다. 상대의 시선을 피하던 눈, 돌을 차며 서성이던 사십대 후반의 남자, 풀 죽은 어깨와 발놀림이 선우의 어떤 곳을 건드렸다. 떠나왔다고 생각한 기억이 마음을 헤집었다.

그러니까 문제는 늘 나한테 있다. 선우가 침낭 지퍼를 끝까지 올리며 생각했다. 제대로 말 한마디 못하고 결국 일을 그르치는 나에게.

하고 싶은 일을 생각해요. 재경의 목소리가 머리를 스쳤다. 오늘 뭘 하고 싶은지, 뭘 하면 즐겁고 시간 가는 줄 모르는지.

잠이 들 때까지 선우는 하고 싶은 일과 하고 싶은 일이 없는 사람에 대해 생각했다.

*

선우가 침낭에 든 몸을 웅크렸다. 꿈속에서 그는 침대에 누워 막 사막을 내다보던 참이었다. 재경은 저택 마당에서 도마뱀을 관찰했고 혜원과 주호는 서재에 있었다. 선우가 침실을 벗어나 저택 창문의 블라인드를 올렸다. 수영장과 대리석 타일이 햇빛으로 물들었다.

안쪽 서재에서 혜원과 주호의 목소리가 들렸다. 선우가 수영장을 건너 서재로 들어갔다. 고급스러운 서가, 커다란 책상과 가죽 의자, 그 곁에 선 혜원과 주호를 상상했지만, 발바닥이 간질거려 잘 되지 않았다.

선우가 오른발 엄지발톱으로 왼쪽 발바닥을 긁었다. 발바닥이 시원해지니 뒷머리가 가려웠고 뒷머리를 긁으니 등허리가 간지러웠다. 침낭 밖으로 나와 등을 긁고는 물을 마셨다. 다시 누워 눈을 감았지만, 잠이 오지 않았다. 그가 한차례 뒤척이다 라운지에 나갔다.

라운지 문은 잠겨 있었다. 선우가 계단 끝으로 올라가 가짜 배수로 덮개를 올려다봤다. 덮개를 막은 실리콘 매트를 밀어 젖히자 빛이 이마에 내리쬐었다. 쭈그려 앉아 신발을 벗었다. 발등에 햇빛을 쐬자 금세 몸이 따뜻해지는 기분이 들었다. 터널을 비롯한 호텔은 고요했고 은희가 틀어놓은 라디오 소리가 희미하게 들려왔다. 눈을 감으니 볼과 발등에 스치는 바람이 느껴졌다. 선우는 몸이 무거워지는 감각에 잠기며 얕은 잠에 빠져들었다.

"여기 있었네요?" 재경의 목소리가 들렸다.

잠결에 재경의 말을 듣고도 선우는 반응하지 않았다.

"심심했는데 잘됐다." 재경이 선우 앞에 앉았다. "근데 여기 열면 안 되는데."

"이따 닫으면 돼요." 선우가 눈을 감은 채 대답했다.

"그래요? 나한테는 안 된다고 했는데."

선우가 실눈을 떠 재경이 꺼낸 책을 바라봤다. 펼쳐진 책장에 하늘다람쥐가 비막을 펼치고 활공하는 사진이 인쇄되어 있었다. 선우가 눈을 감았다.

"생각보다 굴에서 할 게 없죠?" 재경이 물었다. "취미라도 하나 만들어요."

"……."

"필요하면 쌍안경 빌려줄게요. 내가 하는 일은 취미보단 전문 분야에 가깝지만."

혼자 실없는 말을 주절대던 재경이 입을 다물었다. 선우가 벽에 머리를 기댔다. 조용한 곳에서 바람과 햇빛을 맞으니 느긋한 기분이 들었다. 굴에 사는 사람에게는 반드시 해야 할 일이 없었다. 해야 할 일을 따지기 전에 할 수 있는 일도 많지 않았다. 그 사실이 선우에게 해방감을 줬다. 굴 밖의 세상이 떠올라 불안해지면 한 계단 아래 쭈그려 앉은 재경을 생각했다. 그래, 고작 코인을 팔까봐 들어온 사람도 있는데.

시간이 느리게 흘렀다. 눈을 감았다 뜰 때마다 비슷한 풍경이 보였다. 배수로 덮개 사이로 들어오는 빛이 어두워지다 환해지길 반복했다.

선우가 휴대폰을 보고 싶다고 생각하며 하품을 삼켰다. 지루하기 짝이 없었다.

"그거 재미있어요?" 몇십 분 만에 입을 연 선우가 물었다.

"있다가 없다가." 재경이 책갈피를 꽂고 책을 덮었다. "하늘다람쥐에 대해서 알아보려고 주문해봤는데 연구보다 잔소리가 많네요."

"계속 보세요." 선우가 아차 싶은 마음에 서둘러 권했다.

"사실 두더지 보기는 그렇게 어렵지 않았거든요. 저번에 얘기했나? 일단 지렁이만 구하면 반은 끝이에요. 실한 지렁이를 두면 두더지가 냄새를 맡고 오거든요. 지렁이를 발톱으로 누르고 신나서 뜯어먹어요, 무슨 젤리 먹듯이. 두더지는 신진대사 속도가 빨라서 계속 뭘 먹어야 안 죽어요. 그래서 먹고, 또 먹고, 또 먹고, 걔네 먹는 것만 봐도 배가 부르다니까요."

"예……." 선우는 다시 눈 감을 타이밍을 기다렸다.

"재미있는 게, 두더지 찾아서 굴을 파다 보면 별별 게 다 나와요. 처음 보는 벌레랑 지네, 개미, 비닐봉지랑 맥주 캔, 사발면 그릇, 심지어는 썩은 동물인지 열매인지, 뭔지 모르는 분비물 같은 것도 있어요. 어떻게 생각하면 너무 당연한 건데 여기 들어오기 전에는 본 적도, 생각해본 적도 없던 것들이요."

"고생하셨겠네요." 선우가 건성으로 대답했다.

"아니, 그게 재미있는 점이에요." 재경이 답답하다는 듯 책 등으로 계단을 탁탁 두드렸다. "내가 모른다고 없는 게 아니라 나만 몰랐을 뿐이지 세상에 별게 다 있고 또 그걸 연구하는 사람이 있더라고요."

재경이 책으로 시선을 돌린 사이 선우가 눈을 감았다.

"책이랑 논문 읽다 보면 이때까지 나는 뭘 하겠다고 그렇게 아등바등 살았지 싶어요. 열심히는 살았는데 그중에 내가 하고 싶던 일이 몇 개나 있었느냐, 하면 별로 없는 거죠. 한번은 땅강아지에 대한 논문을 읽었는데……."

선우는 재경의 말을 흘려들으며 사막 도로에서 오픈카 타는 상상을 했다. 정면에 커다란 구름이 흩어지고 돌산 사이로 오후의 햇빛이 비쳤다. 선우가 요란한 말소리가 나오는 라디오를 끄고 카시트에 몸을 기댄 채 선글라스를 썼다.

한참 땅강아지를 이야기하던 재경은 뒤이어 각종 애벌레에 대한 연구 결과를 알려주었다. 재경이 고라니 호텔에서 자주 보이는 애벌레 3종의 유사점과 차이점을 자세히, 여러 번 설명하고 나자 하수구로 들어오는 빛이 희미해졌다. 멀리서 누군가 터널을 걸어오는 소리가 들렸다.

터널을 나온 혜원이 헤드랜턴으로 그들을 비췄다.

"거기서 뭐 해요?" 그녀가 물었다.

"그냥 둘이 얘기 좀 했어요." 재경이 거들먹거렸다.

"라운지가 아직 문을 안 열어서요." 선우가 말했다. 선우는 재경이 알아서 조금 내려가주었으면 했지만, 재경은 사람이 하나 더 왔다는 사실에 들뜬 얼굴을 할 뿐 움직일 생각이 없었다. 혜원이 계단을 올라 재경 두 칸 아래에 앉았다.

"오래 있었어요?" 혜원이 선우를 보며 물었다.

"예, 하도 잤더니 잠이 안 와서요. 달리 할 것도 없고……." 선우가 더 그럴싸한 말이 없을까 고민하며 말끝을 흐렸다.

"그래요? 뭐라도 하는 게 좋은데." 혜원이 걱정스러운 눈으로 말했다.

"나도 선우 씨한테 그 얘기 했거든요. 취미를 찾으라고." 재경이 끼어들었다.

"천천히 하면 되죠. 선우 씨야 이제 온 지 2주밖에 안 됐으니까."

혜원의 말에 재경이 모처럼 고개를 끄덕였다.

계단에서 마주친 뒤로 혜원과 재경은 자꾸 선우의 취미를 물었다. 서로 다른 테이블에 앉아 있다가 선우가 라운지로 나오면 그 앞으로 자리를 옮겼다.

"관심 가는 거라도 없어요?" 재경이 말했다.

"그냥," 선우가 작게 대답했다. "아무것도 안 하고 싶어요."

나란히 앉은 혜원과 재경의 얼굴에 의아한 기색이 스쳤다. 혜원이 전혀 이해하지 못한 얼굴로 고개를 끄덕였다.

"아직 덜 쉬었네." 재경이 단언했다. "계속 혼자 굴에 있으면 눈도 침침하고 괜히 숨도 안 쉬어지고 그래요."

"아," 선우가 뭔가 떠오른 표정으로 입을 열었다.

혜원과 재경이 동시에 선우를 쳐다봤다.

"다들 숨구멍은 어떻게 내세요?"

"굴에 숨구멍 없어요? 있을 텐데?" 혜원이 소스라치게 놀라며 물었다.

"있어요. 있는데," 선우가 서둘러 대답했다. "숨구멍으로 햇빛도 들게 할 수는 없을까 해서요."

"그건 안 되죠. 자칫하면 비가 새니까." 재경이 고개를 저었다. "굴에는 빛이든 뭐든 안 들어오는 게 좋지."

"영수 아저씨한테 여쭤볼까요? 굴을 많이 파니까 방법을 아실 수도 있잖아요." 혜원이 말했다.

"아뇨, 바쁘실 텐데 괜히……" 선우가 굴을 넓혀주던 영수의 모습과 철삽을 떠올렸다. "좀 찜찜하기도 좀 하고요."

"영수 아저씨가요? 왜요?" 혜원이 물었다.

"제 굴이 어디 있는지 알고 계시더라고요." 선우가 머리를 긁적였다.

"네?"

"시계 찾은 날요." 선우가 목소리를 낮췄다. "그날 와서 굴을 넓혀주셨는데, 굴 위치를 말씀드린 적이 없거든요."

"아저씨가 거길 갔어요?"

혜원이 멍하니 선우를 바라봤다. 눈앞에 젖은 머리카락과 흙바닥이 어른거렸다. 눈을 질끈 감지 않으려 애쓰며, 혜원은 인아의 어깻죽지를 잡아당기던 그날로 되돌아갔다. 가까스로 머리와 목을 굴에서 꺼냈지만, 아무리 힘을 주어도 그 이상 인아를 옮길 수 없었다. 혜원은 인아를 놓고 라운지로 나갔다. 라운지에 있던 주호와 영수에게 상황을 설명하고 그들의 도움으로 인아를 마저 꺼내 차에 실었다. 인아 팔을 감싼 수건은 가로등 아래를 지날 때마다 붉게 번들거렸다.

한때 혜원과 인아가 함께 지냈고 이제는 선우가 머무는 그 굴에 영수가 찾아온 적은 그날뿐이었다. 인아가 손목을 그은 날, 인아를 살리기 위해서.

"그분이 뭘 잘못하셨다는 게 아니라요. 진짜 감사한데 제가 겁이 많아서.” 선우가 손사래를 쳤다.

“그거,” 혜원이 서둘러 말을 뱉었다. “제가 알려드렸어요. 선우 씨 좀 도와주시라고.”

“예?” 선우가 물었다.

“그 굴이 좀 좁잖아요. 아저씨가 굴을 잘 파니까 넓혀달라고 말씀드리고는, 그새 까먹었네.” 혜원이 미소 지었다. “넓히니까 좀 낫죠?”

“그렇기는 하죠.” 선우가 대답했다.

“아저씨가 많이 불편하세요?”

선우가 머뭇거리며 고개를 저었다.

“말이 거칠어서 그렇지 좋은 분인데. 친해지면 좋을 거예요.”

“예…….” 선우가 얼떨떨한 표정으로 말했다.

“다 같이 모이면 좋죠! 이제야 나도 끼겠네.” 재경이 요란하게 찬성했다. “말이 나왔으니까 하는 얘기지만, 가끔 나만 따돌리는 것 같다, 그런 생각 했거든요. 선우 씨 오니까 좋네.”

혜원은 재경의 말을 흘려들으며 상황을 되새겼다. 선우가 한 말에 다급히 뱉은 제안이었지만, 좋은 기회라고 생각했다. 이대로 선우가 영수와 가까워진다면 그들이 한 일을 마침내 선우가 알게 되어도 쉽사리 그들을 등지지는 못할 터였다.

영수가 필요한 물건을 사러 라운지에 나올 때까지 혜원은 며칠 동안 그를 기다렸다. 원래도 머리에 잘 들어오지 않던 문제집이 도통 읽히지 않았다. 인아를 병원에 데려가던 날이 자꾸 생각났다.

혜원은 그날 처음 인아의 가족을 보았다. 고모가 제일 먼저 병원에 도착했고 몇 시간이 지나자 다른 가족이 우르르 들어왔다. 울음을 터트리는 부모와 걱정스러운 눈으로 그들을 바라보는 둘째 동생, 고모부와 그의 손을 잡은 초등학생 조카까지, 보호자를 자처하는 사람들이 인아의 상태를 물었다.

수술을 끝낸 인아가 가족들에게 둘러싸였을 때 혜원은 한 걸음 뒤에 서 있었다.

엄마 나 이제 못하겠어. 인아가 말했다. 집에 갈래. 엄마가 딸의 볼을 쓰다듬고 눈을 반히 바라봤다. 진작 얘기하지 그랬냐고, 고생했다고 말했다. 혜원은 그들의 대화를 끝까지 듣지 못하고 조용히 그곳을 빠져나갔다.

인아를 데려온 과정은 거짓으로 둘러댔다. 시험 준비에 힘들어하다 함께 자살할 생각으로 산에 올랐지만, 인아가 먼저 손목을 긋자 두려워져 병원으로 데려왔다고 설명했다. 혜원과 인아 모두 고라니 호텔이나 주호에 대해서는 말할 생각이 없었다. 모두를 위해 그게 나았다.

인아의 고모가 혜원을 따라 나왔다. 피곤할 텐데 이제 가보라고 했다가 곧이어 데려다주겠다며 집이 어디냐고 물었다. 혜원은 이 근처라며 대답을 얼버무리고 서둘러 걸음을 옮겼다. 인아의 고모가 혜원을 잡고 택시비라도 하라며 돈을 쥐여

주었다.

혜원은 주머니에 든 돈을 만지작거리며 발 닿는 대로 걸었다. 주호는 그들을 내려준 뒤 바로 휴양림으로 돌아갔고 막차는 진작 끊긴 뒤였다. 한참을 걷다가 작은 찜질방에 들어갔다. 목욕탕에 사람이 없는 틈을 타 피 묻은 옷을 빨고 건식 사우나에 옷을 널었다. 탕과 사우나를 오가며 첫차가 출발하면 어디로 갈지 생각했다. 이제, 어디로.

다음날 혜원은 고라니 매점으로 돌아가는 버스를 탔다.

라운지에 나온 영수에게 혜원은 선우와 나눈 이야기를 전했다. 굴 만들기를 가르쳐달라는 부탁에 영수는 단번에 그럴 수 없다고 대답했다.

"왜요?" 혜원이 물었다.

"이해를 못하겠다. 내가 너라면 그냥 조용히 살겠어." 영수가 목소리를 낮춰 말했다.

혜원이 시선을 바닥에 떨어뜨렸다. 잠시 말을 멈췄다가 다시 입을 열었다.

"선우 씨 찾아갔다면서요. 굴도 넓혀주고."

"걔가 그래?"

"이상하게 생각하더라고요. 아저씨한테 굴이 어디 있는지 알려준 적도 없는데 찾아왔다고."

"그래서?"

"저번처럼 자꾸 물어볼까봐 그냥 제가 부탁했다고 했어요. 얘기하다 보면 무슨 말이 나올지 모르잖아요."

"잘했네."

"왜 굴까지 찾아갔어요?"

영수가 대답 없이 혜원을 바라봤다.

"신경쓰였던 거 아니에요?"

"나갈까봐 그랬다. 어디서 시계가 어쩌구 헛소리라도 하면 어떡하냐. 보니까 텐트도 못 펴고 앉아 있던데."

"저도 똑같아요. 별일 없었으면 하는 거예요. 아저씨는 나가시겠지만, 저는 계속 여기 있어야 하잖아요. 인아 같은 일은…… 다시 겪기 싫어요."

영수가 한숨을 내쉬었다.

"햇빛이 드는 굴이면 된다잖아요. 더 귀찮게 안 할게요."

영수는 자기에게도 준비할 시간이 필요하다며 이틀 뒤 금요일을 제안했다. 혜원이 다른 두 사람에게 소식을 전했고 그들은 금요일 밤, 라운지에서 모이기로 약속했다.

목요일 저녁, 카운터 테이블에 기댄 주호가 다음날 라운지를 닫겠노라 말했다.

"갑자기 왜요? 내일 우리 모이는 날인데." 재경이 물었다.

"약속이 생겼어요." 주호가 멋쩍게 웃었다. "원래 주말 약속인데 주말에 못 보게 돼서요."

"게리 씨죠? 또 말 바꾼 거예요?" 혜원이 문제집을 덮고 주호를 돌아봤다.

"게리가 누군데요?" 재경이 카운터 앞에 자리를 잡았다. "또 나만 모르네."

"배 사장님 애인이요." 혜원이 대답했다. "너무한 거 아니에요? 맨날 자기 맘대로 약속 바꾸고 바람맞히고."

"사업하는 사람이라 일이 많아서. 장거리 연애이기도 하고." 주호가 변명하듯 말했다.

"예뻐요?" 재경이 주호에게 몸을 기울였다.

주호가 휴대폰을 꺼내 들었다. "세 보여도 속은 되게 여려요."

재경이 사진을 보고는 아, 하고 나지막한 소리를 냈다.

"그럼 금요일 모임을 그냥 오늘 할까요?" 선우가 물었다.

"그러려면 영수 아저씨가 나오셔야 하는데?" 혜원이 되물었다.

영수의 굴 위치를 아는 사람은 없었다. 선우만이 터널 끝 굴을 떠올렸지만, 속이 빈 모습으로 미루어 보아 영수가 주로 쓰는 굴도 아닐 듯해 말을 아꼈다. 후환이 두렵기도 했다. 혜원은 주호에게 모임 시간에만 라운지를 써도 되겠냐고 물었다가 앞으로 사장이 없을 때 라운지를 여는 일은 없으리란 대답을 들었다. 혜원을 비롯한 세 사람은 지난번 시계 사건을 생각하며 그대로 입을 다물었다. 주호는 아직 그들이 1층에 올라갔다는 사실을 몰랐다. 그들은 금요일 새벽까지 영수가 라운지에 나오기를 기다리다가 애초 약속대로 오후 8시에 라운지 앞에서 만나기로 했다.

금요일 저녁, 터널 앞에 선 영수가 정중히 고개를 숙였다.

"안녕하십니까. 저는 오늘 초청 강연을 맡은 김영수라고 하고요. 5학년 2반이고 굴을 여러 개 팠습니다."

계단에 앞뒤로 앉은 세 사람이 영수의 말에 귀 기울였다. 모두의 권유로 맨 앞줄에 앉은 선우는 생각보다 일이 조금 커진 것 같다고 생각했다.

영수는 삽을 쥐는 법부터 흙을 파는 자세, 나온 흙과 돌은 어떻게 사용하고 흙에 엉킨 나무뿌리는 어떻게 잘라야 하며 방은 어떻게 나누고 방마다 어떤 숨구멍이 적합한지 설명했다. 선우와 재경에겐 군대의 기억을, 혜원에겐 처음 굴에 온 날을 떠올리게 하는 내용이었다.

강연은 생각보다 포괄적이었다. 제한된 자원과 도구로 가구를 만드는 법, 벽을 단단히 고정하고 무늬를 새기는 법, 음식물과 쓰레기를 보관하는 법 등 굴과 연관된 다양한 노하우가 나왔다. 한차례 강연을 끝낸 영수가 선우 앞 계단에 앉았다.

"도움이 됐나 모르겠네."

선우가 영수의 어깨를 내려다봤다.

"근데 선생님은 어떻게 굴 파는 법을 그렇게 잘 아세요?" 선우가 물었다.

"무슨 선생님이야." 영수가 너털웃음을 터뜨렸다. "그냥 아저씨라고 해. 내가 너만 한 자식이 있다."

"그래도 너무 잘 가르쳐주셔서……."

"아이, 나야 굴을 많이 파봤으니까. 가만히 있으면 그렇게 이게 당겨." 영수가 술 마시는 시늉을 했다. "그러느니 굴이나 파재껴서 몸을 피곤하게 만드는 거지. 아무 생각도 안 나게."

"역시 아저씨한테 부탁하길 잘했다니까요." 혜원이 너스레를 떨었다.

"그래?" 영수가 자리에서 일어나 계단에 앉은 이들을 비췄다. "그럼 이제 슬슬 실습하러 가자."

"예?" 선우가 영수를 올려다봤다.

"몸으로 하는 일은 말만 들어서 몰라. 직접 해봐야지."

영수를 제외한 세 사람이 서로를 힐긋거렸다. 라운지가 닫혔으니 달리 갈 곳도 없었고 빠져나갈 핑계도 마땅치 않았다. 그들이 머뭇거리며 터널에 들어갔다.

"어디 가게요." 혜원이 영수에게 소곤댔다.

"일단 따라와." 영수가 말했다.

영수는 터널 끝에 있는 굴로 그들을 안내했다.

"여긴……?" 선우가 영수를 쳐다봤다.

"응, 맞아." 영수가 대답했다. "내가 뭘 좀 만들려고 넓혀둔 굴인데 이번 기회에 같이 만들어보자고."

"우리 실습도 하는 거였어요?" 재경이 투덜거렸다.

"오늘처럼 라운지를 갑자기 닫을 때 있잖아. 그럴 때 라운지 대신 쓸 수 있는 곳을 만드는 거지." 영수가 엄지손가락을 만지작거렸다. "별로야?"

"아뇨. 너무 좋죠." 혜원이 굴 한쪽에 놓인 삽을 집어들었다. "어디부터 할까요?"

영수가 손을 내젓고 혜원에게서 삽을 받아 내려놓았다. 그들은 영수의 지시에 따라 굴 한쪽에 둘러앉았고 흙에 그림을 그려가며 그곳을 어떤 공간으로 바꿀지 의논했다. 햇빛이 들어왔으면 좋겠다는 선우의 의견은 굴이 다람쥐의 집 근처라 기각되었고 재경이 제안한 침대는 논의 끝에 소파로 바뀌었다. 혜원은 바닥이 파여 양반다리를 하지 않고도 앉을 수 있는 의자와 커다란 식탁을 건의했다. 회의가 끝나고 영수는 소파와 식탁 자리, 그리고 바닥을 더 깊게 파기로 한 안쪽 공간을 구분해 선을 그었다. 그의 지시에 따라 재경은 소파 자리를, 혜원은 식탁 자리를, 선우는 굴 안쪽을 작업하기로 했다. 영수는 세 곳을 오가며 일을 도울 예정이었다.

자정이 지나고 새벽이 올 때까지 그들은 성실히 일했다. 아니, 일하려 했다. 재경은 다리가 후들거린다며 자주 앉았고 혜원은 식탁이 자꾸만 무너져 내려 같은 작업을 세 번이나 반복해야 했다. 선우는 헛구역질하다 실제로 올라온 음식물을 남몰래 삼킨 뒤로 한동안 벽을 보고 가만히 서 있었다.

새벽 4시가 넘어가자 굴은 그들이 내는 땀내와 습기로 가득했다. 영수를 제외한 모두가 체력의 한계를 넘어 정신력으로 몸을 움직이고 있었다. 웃거나 말할 기운이 남은 사람은 영수뿐이었다. 마침내 영수가 작업의 끝을 선언하자 그들이 삽을 내려놓고 굴을 바라봤다. 소파는 무너진 케이크처럼 보였고 식탁은 납작한 기둥에 불과했으며 의자의 발 부분이 될 구멍은 주변에서 흘러 들어간 흙으로 반쯤 메워져 있었다.

"고생들 했고 내일 또 보자." 영수가 말했다.

"내일 또요?" 재경이 물었다.

선우가 영수의 시선을 피하며 고개를 숙였다. 혜원도 대답을 망설였다.

"됐어. 그런 표정 지을 거면 오지 마." 영수가 손을 내두르며 그들을 굴 밖으로 내쫓았다. "내가 지금 나 좋자고 이래?"

그들이 뒷걸음질로 굴을 빠져나갔다. 혜원이 이런저런 말로 변명하며 상황을 수습하려 했지만, 영수는 끝까지 노기를 띤 눈발로 으름장을 놓을 뿐이었다.

굴에서 쫓겨난 세 사람이 힘없이 터널을 걸어갔다.

"근데 저 형님은 굴을 몇 개나 파신 거야. 여기 들어온 지도 꽤 되지 않았어요?" 재경이 중얼거렸다. "나도 한때 열심히 팠는데."

"굴을 그렇게 많이 파면 땅이 무너질 수도 있지 않아요?" 선우가 조심스럽게 물었다.

"민둥산도 아니고 무너지기야 하겠어요?" 재경이 대수롭지 않게 대답했다.

“제가 알기로는,” 혜원이 의기양양한 표정으로 말했다. “굴이 흔들리면서 뭐가 끊어지는 소리가 들리거나 먼지가 들어오면 바로 밖으로 나가야 돼요.”

“그러면 당연히 나가야죠.” 재경이 어이없다는 듯 혜원을 쳐다봤다. “그 정도는 개미도 알겠다.”

혜원이 짜증스러운 눈빛으로 재경을 바라봤다.

“내가 예전에 외국 다큐멘터리를 봤는데요.” 재경이 말을 이었다. “만약 토사가 흘러내리고 있다, 그러면 유속을 봐야 한대요. 발목 높이여도 휩쓸릴 확률이 높으니까.”

“그럼 어떡해요?” 선우가 걱정스러운 얼굴로 물었다.

“그럴 때는 사실상 뒈졌다고 봐야…….” 재경이 대답했다.

“일단 119에 신고하고 가능한 한 높은 데로 가야 해요.” 혜원이 재경의 말을 막았다. “그럴 수 없으면 머리를 보호할 만한 튼튼한 구조물 아래 숨고 그것도 어려울 때는 이렇게 고개를 숙이고 머리 뒤로 팔을 교차시켜서 머리를 보호하는 게 최선이에요.”

선우가 그녀를 따라 어설프게 팔을 올렸다.

“근데 안 무너져요.” 재경이 가르치듯 말했다. “아니, 휴양림에서도 계속 체크한다니까.”

선우가 팔을 내리고 어딘가에서 들려오는 소리에 귀를 기울였다. 나머지 둘도 괜스레 말을 멈추고 터널에 울리는 소리를 들었다. 물방울이 떨어지는 소리와 바람 소리 사이로 땅강아지가 드르르 우는 소리가 들렸다. 선우가 헤드랜턴 빛이 닿지 않는 터널 바닥을 응시했다. 만약 굴이 무너진다면 그는 어찌할 바 모르다 배낭을 그러안고 죽음을 맞이할 터였다. 선우가 얼굴로 쏟아지는 흙과 바위를 그리며 어둠을 바라봤다.

*

새벽 늦게 잠자리에 든 선우는 자정이 가까워질 때까지 굴에서 나가지 않았다. 굴 파기로 생긴 근육통이 나아진 뒤에도 그저 누워 있고 싶었다. 텐트 천장을 바라보고 있으니 이런저런 기억이 떠올랐다. 눈을 감고 사막의 긴 저택이나 다른 공상에 집중하려 했지만, 기억 속 구체적인 장면과 감정이 금세 머릿속을 채웠다.

웃지 않는 얼굴, 회사 동료가 짓던 묘한 표정이 생각났다. 마주칠 때마다 대놓고 싫은 티를 내던 사람이었다. 선우는 그에게 잘 보이려 미소 지었고 스타일이 멋지다, 그런 옷은 어디서 사느냐, 물었다. 동료는 웃지 않았다.

얼마나 우스웠을까. 선우가 몸을 웅크렸다. 별것 아닌 일이었다. 고작 그런 일을 견디지 못해 곱씹는 자신이 한심했다. 습

관처럼 왼손에 쥔 헤드랜턴을 더듬었다.

부정적인 생각이 덮쳐올 때 그는 주로 휴대폰을 봤다. 휴대폰으로, 다른 사람의 삶으로, 단순하고 웃긴 영상으로 도망쳤다. 스스로를 비웃고 수치스러운 마음을 웃어넘기며, 지금껏 잘 지내왔다고 생각했다.

선우가 몸을 조금 더 웅크리고 괴로운 기억 대신 지난 한 달을 되새겼다. 걱정스레 그를 바라보던 주호의 얼굴, 취미를 물으며 맞은편에 앉던 혜원과 재경, 너 아니었음 일 커질 뻔했다, 영수의 말과 눈가에 지던 주름.

함께 굴을 파던 지난 새벽에 선우는 힘들 때마다 혜원과 재경을 쳐다봤다. 눈이 마주치면 혜원은 몰래 경악하는 표정을 지었고 재경은 손짓으로 굴에서 나가자는 사인을 보내왔다. 그건 재미있었지. 선우는 생각했다.

그가 영수의 굴에 모여 자신을 기다릴 세 사람을 상상했다. 영수가 오지 말라고 했지만, 왠지 모두가 굴에 나갔을 것 같았다. 선우가 침낭을 나섰다.

영수의 굴에 가기 전 라운지로 향했다. 빈손으로 가느니 뭐라도 사가는 편이 나았다. 라운지 문을 열자 각자의 자리에 앉은 혜원과 재경이 보였다.

"어, 선우 씨도 왔네요." 재경이 알은체했다.

선우가 그들에게 인사하고 테이블 한쪽에 앉았다. 다들 여기 있었구나. 그가 웃음을 참으려 입을 오므렸다.

"그래도 아저씨 기다리실 텐데 누구라도 가봐야 하지 않을까요." 혜원이 물었다.

"아무래도 그렇겠죠." 선우가 서둘러 대답했다.

그들은 아무도 오지 않는 굴에서 그들을 기다릴 영수를 생각하며 라운지에 있었다. 영수는 다음날도, 그다음날도 라운지에 오지 않았다. 그동안 선우는 영수에게 사과해야 한다는 핑계로 매일 라운지에 나갔다. 라운지에서 굴로 돌아갈 때는 혼자 시간을 보내고 싶다가도 자다 깨서 굴에 누워 있으면 곧 누군가의 말소리가 듣고 싶어졌다. 라운지에 앉아 혜원과 재경, 주호를 보면 그 풍경이 세상의 전부인 듯해 마음이 놓였다. 별다른 일 없이 시간을 보내도 괜찮았다. 그곳에서는 모두가 그렇게 하루를 보냈으니까.

일주일째 되는 날, 재경이 모임에 대해 입을 열었다.

"이렇게 흐지부지 끝나는 건가? 아쉽네요."

혜원이 고개를 숙였다.

"혜원 씨랑 선우 씨만 좋으면 난 모임 계속해도 괜찮은데. 필요하면 내가 강연을 맡을 수도 있고."

재경의 말에 침묵이 이어졌다. 선우는 매일 라운지에 나오는 시간을 기다린다고 말하지 않았다. 대신 짧게 고맙다고 중얼거렸다.

주호가 카운터 밖으로 고개를 내밀었다. 양손에 이쑤시개를 든 채 세 사람을 힐긋 보았다가 다시 카운터 안으로 사라졌다.

혜원과 재경도 자리로 돌아가 각자의 일에 집중했다. 혜원은 늘 그렇듯 헤드폰을 쓴 채 문제집을 풀었고 재경은 관찰 노트와 책을 펼쳐두고 두 내용을 비교했다.

멍하니 앉아 있던 선우가 카운터로 걸어갔다. 주호는 선우가 다가왔는지도 모르고 이쑤시개로 탑을 쌓고 있었다. 선우가 더욱 얇아진 주호의 입술과 흐르는 땀을 바라봤다. 가운데가 비어 정사각형 방처럼 보이는 탑은 안쪽 책상에서 시작해 카운터 높이에 다다르고 있었다.

"저 휴대폰 좀 확인하고 싶은데요."

주호가 선우를 올려다봤다.

"연락 온 게 있나 싶어서요."

주호가 카운터 문을 열자 선우가 그와 함께 창고로 들어가 휴대폰을 꺼냈다. 휴대폰을 손에 쥐자 잊고 있던 감각이 되살아났다. 선우가 곧바로 전원을 켰다.

"원래는 나가서 해야 하는데." 주호가 심란한 얼굴로 전원이 들어오는 휴대폰을 내려다봤다. "이미 켰으면 어쩔 수 없죠."

선우가 휴대폰을 확인했다. 문자나 카톡, 부재중 전화 기록은 없었고 유튜브 앱을 누르자 구독한 채널에 영상이 올라왔다는 알림이 여러 개 떴다.

"폰 꺼놓으면 문자 기록도 얼마 안 가는 거 알죠? 카톡은 더 짧아요." 주호가 말했다.

"아, 그렇다고 하셨죠." 선우가 대답했다. 카톡 대화창을 내리며 연락이 왔을 법한 사람을 추렸다. 회사 사람을 제외하면 가족과 고등학교 친구들, 반년에 한 번씩 연락을 주고받는 대학 동창이 전부였다. 회사 사람은 톡이 오더라도 피하고 싶었고 대학 동창과는 몇 달 전 만났으니 다시 연락하기까지 시간이 남아 있었다. 고등학교 친구들이야 톡이 왔더라도 허튼소리나 우스갯소리일 테니 답장을 안 해도 큰 문제가 없었다.

선우가 연우에게 톡을 보냈다.

— 형 연락했었어?

몇 분 뒤 연우에게 전화가 왔지만, 선우는 받지 않았다.

— 무슨 일 있어?

연우에게 답톡이 왔다.

— 그냥 연락했나 싶어서.

— 주말에 점심 같이 먹을래? 양평 가려고 하는데.

— 아냐, 갔다 와.

연우가 부모의 건강검진 소식과 그러니 부모에게 전화하라는 당부의 메시지를 보냈다. 선우는 여느 때처럼 형에게 모호한 대답을 남기고 휴대폰을 껐다. 대학교 2학년 여름, 기숙사로 돌아가는 길에 선우는 연우에게 부모에 대한 마음을 말했다. 이제 집에 가지 않겠다고, 부모와 만나고 싶지 않다고 이야기했다. 연우는 그 말을 막내의 투정으로 받아들였고 몇 년간 가족의 관계 회복을 위해 노력했다. 시간이 지나자 연우는 모든 문제가 해결된 듯 굴었다. 때때로 아무것도 모르는 사람처럼 선우를 대했다. 함께 살던 동안 선우를 달래며 부모 역할을 대신한 사람이 아닌 것처럼, 선우에게 도대체 왜 그러느냐고 물었다.

선우의 눈이 바삐 움직이는 주호의 손을 좇았다. 이쑤시개를 쥔 손 안쪽에 둥그렇게 오른 물집이 보였다.

"안 아프세요?"

주호가 손바닥을 내려다봤다. "아, 뭘 좀 옮겼더니."

"따로 일하시는 거예요?" 선우가 관리소장과 함께 있던 주호를 떠올렸다.

"며칠만, 부탁을 받아서요."

이쑤시개를 집어드는 주호의 손이 떨렸다. 주호가 이쑤시개 하나를 꼭대기에 올리자 탑이 무너질 듯 흔들렸다. 서서히 손을 떼자 진동이 멎었다. 탑은 무너지지 않았다. 주호가 씩 웃으며 선우를 올려다봤다.

"전 손으로 하는 건 젬병이에요." 선우가 휴대폰을 반납하며 말했다.

주호가 흐흐 웃었다.

계단 위 천장에서 쿵쿵거리는 발소리와 박스 쓸리는 소리가 났다. 헤드폰을 쓴 혜원을 제외한 세 사람이 카사블랑카 포스터를 돌아봤다. 포스터 아래쪽이 초록색으로 물들어 있었다. 선우가 라운지 구석에 놓인 검은 천을 돌아봤다. 천장에서 들리는 소리는 곧 멎었지만, 불은 꺼지지 않았다. 짧은 정적이 흐르고 위층에서 재채기 소리가 들리더니 발소리가 멀어졌다. 포스터에 들어온 불이 꺼졌다.

"요즘 엄마가 밤에 티비도 안 보고 집 안을 그렇게 돌아다니시네. 나이가 드시는지." 주호가 걱정스레 말했다.

선우와 재경이 서로를 쳐다봤다. 손목시계를 찾으러 1층으로 올라간 날, 선우는 은희의 시선을 느꼈다. 잠깐이었지만, 그녀와 눈도 마주쳤다. 어쩌면…… 그렇지만 눈을 뜨고 자는 사람도 있으니까. 선우가 슬그머니 재경의 눈을 피했다.

"연세가 어떻게 되셨죠?" 재경이 물었다.

"51년생이니까, 올해로……."

"아직 젊으시네. 요즘 칠십대는 옛날 오십대라잖아요." 재경이 말했다.

"글쎄, 모르겠네."

다시 조용해진 라운지에서 선우는 할 일을 잊은 사람처럼 가만히 앉아 있었다. 이제 또 어떤 이유를 대고 라운지에 나와야 할까. 매일 라운지에 나오는 바람에 쟁여둔 물도 '해결사'도 넉넉했다. 선우는 슬라이딩 책꽂이에 꽂힌 먼지 쌓인 책과 카사블랑카 포스터 아래 어수선하게 놓인 고전 영화 DVD를 눈으로 훑었다. 취미도 관심사도 없다고, 아무것도 안 하고 싶다고 말했으니까. 그가 테이블에 엎드려 눈을 감았다.

라운지가 문 닫기 반 시간 전, 영수가 들어왔다. 영수는 카운터로 걸어가 미리 주문해둔 숯 자루, 길고 두꺼운 양초와 성냥을 꺼내달라고 부탁했다.

혜원이 헤드폰을 벗고 장황한 안부인사를 건넸다. 영수가 짧게 대답한 뒤 다시 카운터로 시선을 돌렸다. 선우는 영수의 옆얼굴을 힐끔거리며 아무 말도 하지 못했다.

"짐이 많네요." 재경이 반죽 좋게 말했다. "좀 도와드릴까요?"

"됐어. 앉아서 책이나 봐." 영수가 빈정거리는 어투로 말했다.

"저는 오늘 할 거 다 했고 혜원 씨는 어차피 문제집 풀지도 않아요." 재경이 자리에서 일어났다.

문제집에 책갈피를 끼워넣던 혜원이 황당한 표정으로 재경을 돌아봤다.

"맞잖아요. 내가 여기 온 뒤로 책장 넘기는 걸 본 적이 없는데."

재경의 말에 영수가 처진 눈을 끔벅였다. 그가 표지가 뜯어져 덜렁거리는 혜원의 문제집을 바라봤다. 앞쪽의 종이는 구김살이 있었으나 뒤로 갈수록 새 책처럼 펼쳐본 흔적이 없었다.

영수가 숯 자루 여러 개를 들고 라운지를 나섰다.

"오고 싶으면 오든가." 그가 말했다.

재경과 혜원이 테이블을 정리하고 영수를 쫓아갔다. 뒤늦게 자리에서 일어난 선우가 영수의 남은 짐을 들고 황급히 그 뒤를 따랐다. 가방에 든 초와 성냥이 발걸음을 따라 덜그럭거렸다.

터널 끝에 위치한 굴은 처음과 많이 달라져 있었다. 굴에 들어선 재경이 대뜸 숨넘어가는 소리를 냈고 혜원도 탄성을 내뱉었다. 흐물거리던 소파와 식탁은 단단한 조형물이 되었고 벽에는 아치형 벽감이 일정한 거리를 두고 파여 있었다. 굴 안쪽에 바닥을 더 깊게 파놓은 공간도 보였다. 그곳에 서면 영수조차 천장에 팔이 닿지 않았다. 영수가 그곳에 서서 꾸벅 인사를 해 보였다. 그는 그곳을 스트레칭 공간이자 무대라고 소개했다.

"이걸 혼자 다 하신 거예요?" 혜원이 물었다.

"어떻게 했대. 진짜 미쳤다." 재경도 중얼거렸다.

선우는 할 말을 떠올리지 못했다. 굴에 들어오기 전 그는 끝없는 노동을 상상했다. 삽을 든 영수가 입구를 지키고 있어 굴을 완성하기 전에는 나가기 어려우리라 생각했다. 첫날 마주친 모르는 사람들이 날 선 호미나 벽돌을 들고 자기를 기다릴지 모른다는 막연한 두려움도 있었다.

손톱에 낀 흙도 잊고 선우가 손으로 얼굴을 문질렀다.

"죄송합니다."

"어?" 영수가 의아해하며 선우에게 고개를 기울였다.

"같이 해야 했는데……." 선우가 중얼거렸다.

"됐어. 나는 어차피 하루하루가 수련이니까. 굴 만들면서 몸과 마음을 닦는 거야."

"수련이든 뭐든," 재경이 매끄럽게 조각된 소파를 내려다보며 말했다. "이 정도 집념이면 못할 게 없겠어요."

"그치?" 영수가 껄껄 웃었다.

그들은 영수의 안내에 따라 가구는 물론 벽에 새긴 자잘한 무늬까지 하나하나 들여다본 뒤 그를 도와 굴을 완성했다. 가구 주변에 습기 조절을 위한 숯 자루를 놓았고 벽감마다 양초를 두어 불을 밝혔다.

굴 안이 엷은 노란 빛으로 가득 찼다.

"어때, 햇빛이 들어오는 굴 같나?" 영수가 선우에게 물었다.

어슴푸레한 촛불과 탁한 공기는 선우가 꿈꾸던 굴과 전혀 달랐지만, 선우는 열렬히 고개를 끄덕였다.

"너네 쓰고 싶으면 써라. 난 이제 여기 안 올 테니까." 영수가 말했다.

"왜요? 같이 써요. 안 그래도 이번에 한 것처럼 모임 계속하자고 얘기했었는데. 서로 돌아가면서 가르쳐주는 모임이요." 재경이 들뜬 목소리로 말을 늘어놨다.

선우가 기다렸다는 듯 재경과 다른 두 사람을 바라봤다.

"좋죠." 이번에는 혜원도 거들었다.

"그런 거 니들끼리나 해. 아니다, 하지 마. 그냥 각자 굴에 있어." 영수가 말했다.

재경이 고개를 저었다. "저희 세 명이 하기는 모임원이 좀 부실해요. 전 괜찮은데 혜원 씨도 그렇고 선우 씨도 딱히 하는 게 없거든요. 선우 씨는 아무것도 하기 싫다고 그러고."

"저도 몇 개는 있어요." 선우가 대답했다. "가볍게 알려드릴 거 정도는."

세 사람이 기대에 찬 얼굴로 영수를 바라봤다. 영수가 한숨을 내쉬었다.

"내가 같이 한다고 무슨 도움이 되겠냐?"

"예, 아무래도." 선우가 혜원을 힐긋 보며 대답했다. "삶의 경험도 많고 연륜도 깊으시니까……."

"연륜은 무슨." 영수가 입꼬리를 씰룩였다.

"그럼 일주일에 한 번씩 모일까요? 금요일마다?"

혜원의 말에 재경이 양손을 위로 뻗어 이목을 집중시켰다.

"내가 모임장을 맡을게요. 다들 번거로울 테니까."

"모임장이 필요해?" 영수가 심드렁하게 물었다.

"모임장은 매주 바꾸고 장 맡은 사람이 그날 수업을 짜면 어때요?" 혜원이 말했다.

"한 사람이 하긴 좀 부담스럽지." 영수가 대답했다.

"그럼 둘씩 하면 어떨까요." 선우가 몸을 반쯤 내민 채 말했다.

혜원이 동의를 구했고 모두가 찬성하자 바닥에 다음주와 다음다음주 모임 일정을 적었다. 네 사람은 식탁에 둘러앉아 각 주의 모임장과 모임 주제를 의논했다.

"두더지가 뭔데?" 영수가 재경이 적은 주제를 보며 물었다.

"두더지 연구요." 재경이 거들먹거리며 대답했다. "제가 두더지를 좀 알거든요."

"난 두더지 보기는 안 할래." 영수가 재경에게 말했다.

"두더지를 직접 보자는 게 아니라," 재경이 투덜거렸다. "아니, 안 하기 있어요? 한 명 빠지면 듣는 사람이 배 사장님 껴도 셋밖에 없는데……."

세 사람을 돌아보며 선우는 잠깐이지만 그곳에 소속된 기분을 느꼈다. 다른 사람은 모르는 금 안에 들어서서 그들과 머리를 맞대고 소곤대는 것 같았다. 자꾸만 뭔가를 말하고 싶었다.

첫 모임이 끝나고 금요일이 돌아올 때까지 선우는 자주 그들에 대해 생각했다. 어깨가 결리는 감각도, 텐트 밖을 기어다니는 지네도 크게 걱정스럽지 않았다. 곧 금요일이 올 테니까.

모임이 계속되며 재경은 그들이 더 가까워지려면 호칭을 정리해야 한다고 주장했다. 긴 설득 끝에 재경은 영수는 물론 주호에게도 형님이라 불러도 좋다는 허락을 받아냈다.

*

4월이 오자 휴양림 벚꽃이 흐드러지게 피었다. 다람쥐의 집과 고라니 매점에도 매일 사람이 북적였다. 자동차가 내는 진동이 하루에도 몇 번씩 땅을 울렸고 들뜬 목소리가 라운지까지 들려왔다. 매점 지하에 숙박하는 사람들에게는 견디기 힘든 계절이었다. 주호는 연애 사업을 위해 전보다 자주 라운지를 닫았고 호텔 사람들은 굴속에 칩잠했다.

"대책이 필요해요." 라운지 문 앞에 선 혜원이 말했다.

선우가 계단 꼭대기에 앉아 가짜 배수로 덮개를 올려다봤다. 속눈썹에 빛 망울이 맺혔고 새소리와 함께 바람이 불어왔다.

"아예 밖에 나가죠? 사람이 많아서 오히려 눈에 안 띌 거예요." 재경이 말했다.

"밖은 좀 그렇죠. 무슨 일이 있을지 모르는데." 혜원이 영수를 돌아보며 동의를 구했다.

“어차피 영수 형님도 한 번씩 나가잖아요. 다 같이 필요한 거 사고 회식이나 해요. 내가 또 노을이 기가 막힌 곳을 알거든요.” 재경이 말했다.

“글쎄.” 영수가 혜원과 재경을 보며 대답을 망설였다.

“전 여기나 선생님 굴에서 봐도 괜찮은데.” 선우가 햇빛을 듬뿍 얹은 얼굴로 그들을 돌아봤다.

“아무리 그래도 라운지가 편하죠. 사장님 설득해서 저희한테만 라운지 좀 열어달라고 할까요?” 혜원이 말했다.

선우가 고개를 끄덕였다. “아무래도 혜원 씨랑 영수 선생님은 키가 크시니까…….”

“키 큰 거랑 무슨 상관이야, 여기도 천장은 높잖아.” 영수가 투덜거렸다.

“아저씨는 안 불편해요?” 혜원이 물었다.

그들이 말을 주고받는 사이, 새소리가 멎었다. 선우가 라운지에서 들리는 소음에 눈을 바로 떴다. 남은 세 사람도 말을 멈추고 문을 돌아봤다.

“씨팔, 해보자!” 문 너머에서 결의에 찬 목소리가 들렸다.

문이 벌컥 열리고 망치와 칼을 든 은희가 휘둥그런 눈으로 그들을 바라보았다. 올챙이처럼 끝이 얇아지는 눈이 어느 때보다 컸고 힘을 준 사각턱도 더 단단해 보였다.

재경이 소리를 지르며 계단 위로 달음박질했다. 선우가 다가오는 재경을 껴안듯 붙잡았다. 혜원은 제자리에서 양팔로 얼굴을 가리며 목을 움츠렸고 영수는 황급히 계단을 내려가다 몸을 돌려 은희가 든 망치와 칼을 살폈다.

"하아." 은희가 가느다란 숨을 내쉬고는 당장이라도 쓰러질 듯 눈을 감았다 떴다. 그녀가 천장을 올려다보았다가 짧은 기도를 읊조린 뒤 그들에게 망치와 칼을 겨누었다.

"나가요."

"네?" 혜원이 들릴락 말락 한 목소리로 물었다.

"당장 나가라고!" 은희가 성큼 혜원에게 다가섰다. 혜원이 팔을 얼굴에 붙이며 눈을 질끈 감는데 은희가 그녀를 지나 영수에게 걸어갔다. 영수가 움찔하며 뒤로 물러섰다. 은희는 영수를 한번 훑어본 뒤 터널로 들어갔다.

한동안 은희가 터널과 굴을 뒤엎는 소리가 호텔을 울렸다. "나가, 나오라고, 썩 꺼져, 내 집에서 나가 이 씨펄 놈들아, 어디서 거지새끼들이 들어와서 여기 집을 지었어, 안 나와? 이 씨펄 놈들이, 이리 나오시라고요."

계단에 있던 네 사람은 은희가 다시 오기도 전에 자진해서 라운지로 나갔다. 몇 번 본 사람과 생전 처음 본 사람이 하나둘 라운지로 들어왔다. 겁에 질린 얼굴과 자다 깨서 어리둥절한 얼굴이 많았고 씩씩거리며 주호를 찾거나 눈물을 뚝뚝 떨구는 사람도 있었다.

마침내 라운지로 돌아온 은희가 그들을 두 줄로 세웠다. 낮에 들이닥친 그녀의 공격은 성공적이었다. 반쯤 잠에 취한 사람들은 그녀의 기세에 놀라 지시대로 행동했다. 굴에 누워 지내면서 근육이 빠질 대로 빠진 이들이 맨손으로 그녀를 상대하긴 쉽지 않았다. 웬만한 성인 남자보다 골격이 큰데다가 반평생 등산으로 다져진 근육질의 몸을 가진 은희는 만만치 않은 상대였다. 더군다나 양손에 무기를 든 채로 욕을 하고 씩씩거리며 달려들던 모습이 머릿속에 남았기에 모두 긴장한 채 그녀를 바라볼 따름이었다. 개중 유일하게 그녀와 대적할 만한 사람은 키가 크고 인상이 험악한 영수나 자주 밖으로 돌아다니는 재경, 들어온 지 얼마 안 된 선우 정도였는데 그들은 그녀에게 반기를 들 생각이 없었다. 선우는 은희를 두려워했고 영수는 어머니뻘 여성에게 약했다. 사람들을 휘어잡는 은희의 모습에 넋을 잃은 재경은 여차하면 그녀 편에 서서 다른 사람들과 싸울 생각이었다.

"어르신, 저희는 정당한 대가를 지불하고 이곳에 있는 겁니다." 누군가 입을 열자 사람들이 앞다투어 항의했다.

"돈을 돌려주든가. 왜 갑자기 이러는 건데."

"배 사장한테 돈 다 냈는데요."

"사장은 어디 있습니까?"

"씨펄, 남의 아들은 또 왜 들먹여?" 은희가 망치를 든 손을 허공에 휘젓자 사람들이 입을 다물었다.

"아이고." 그녀가 이마를 짚고 눈을 질끈 감았다 떴다. "바로 위가 휴양림이고 좀만 내려가면 모텔도 달방도 있는데 왜 멀쩡한 곳 두고 남의 집 밑에서 난리야, 지랄 맞게."

혜원이 입술을 깨물고 고개를 저었다. 줄 맨 끝에 서서 은희의 표정과 말투를 관찰하던 혜원은 그녀의 목적이 그들을 해치는 게 아닌, 쫓아내는 데 있다는 사실을 깨달았다. 그러자 두려움이 사라지고 그녀를 위협할 말도 생각났다. 그러나 주호가 마음에 걸렸다. 은희를 할퀴는 일은 곧 주호에게도 상처를 주는 일이었다.

"사장님이랑 말씀을 좀 나눠보셔야 할 것 같은데요." 혜원이 예의 바르게 말을 건넸다.

"말씀을 하고 자시고 당장 나가요. 경찰 부르기 전에." 은희가 망치를 든 손으로 계단 위 지하실 문을 가리켰다.

"자꾸 저희가 무단으로 들어온 것처럼 말씀하시는데," 혜원이 이를 악물었다가 다시 입을 열었다. "신고하세요. 근데 결국 아드님을 신고하는 일인 거 아시죠? 아, 하는 김에 저희도 같이 신고하면 되겠네요. 여기 매점도 불법이잖아요."

"하." 은희가 망치를 든 손을 내려트리며 탄식했다.

그때 지하실 문이 열리고 주호가 내려왔다. 양복 차림의 그가 당황스러운 표정으로 은희와 굴 사람들을 쳐다봤다.

"돈 받은 거 있으면 줘라. 오늘 다 내보내게." 은희가 말했다.

"엄마, 내가 설명할게요. 이게, 개월 수에 따라 보증금을 받고 저 안에서 좀 지내도록……."

"돈 주라고!" 은희가 소리쳤다. "보증금을 받고 자시고 저기가 사람 살 곳이야? 혼자 뭐 하고 있나 했더니, 멀쩡한 집에 이런 짓을 해? 일해서 돈 벌 생각을 해야지, 어? 니가 진짜,"

그녀가 망치와 칼을 내려놓고 주호를 잡았다. "니가!"

"아, 좀 진정해요! 들을 생각도 안 하지?" 주호가 은희의 어깨를 잡고 그녀를 몸에서 떼어냈다.

"왜 이런 짓을 하냐고? 말하면 이해해? 엄마는 절대 이해 못해, 내가 왜 이러고 사는지."

은희가 부들거리며 주호를 쳐다봤다. 침묵이 이어졌다. 누군가 가까스로 참던 기침을 했고 그 소리가 신호라도 된 것처럼 은희가 칼과 망치를 챙겨 지하실을 나갔다.

사람들이 숨을 몰아쉬며 긴장을 풀었다. 주호가 그들에게 사과했고 서비스로 '해결사' 하나씩을 나눠주었다. 재경은 은희가 나간 순간부터 혜원에게 그렇게까지 할 일이었느냐고 투덜거렸고 혜원은 혜원대로 은희가 망치를 휘두르는 모습을 보지 못했냐고 낮은 소리로 반박했다.

"아니, 생각해봐요. 어느 날 자기 집 지하에 누군지도 모르는 사람들이 한가득 사는 걸 알면 일단은 무섭지 않겠어요? 어떻게 직접 상대할 생각을 하냐고. 진짜 멋있는 거라니까?" 재경이 혜원에게 소곤거렸다.

선우는 손목시계를 가져오며 보았던 은희의 눈을 떠올렸다. 은희는 왜 바로 그들을 잡으러 내려오지 않았을까. 어둠 속에서 본 얼굴을, 그를 알아보았을까. 도대체 어떤 사람이 지하에 침입자가 있다고 직접 망치와 칼을 들고 내려올까. 선우는 은희가 궁금했고 내심 그녀가 자기를 알아봤으면 싶었지만, 동시에 다시 마주치고 싶지 않을 만큼 그녀가 두렵기도 했다.

사람들이 한바탕 라운지를 나가자 구석에 앉아 있던 네 사람도 라운지 밖으로 걸음을 옮겼다.

"어이, 배 사장. 연애한다고 라운지에 너무 소홀한 거 아니야?" 영수가 장난스럽게 말했다.

"무슨요." 주호가 시선을 휴대폰에 둔 채 대답했다. 그가 막 도착한 애인의 메시지를 읽고 답장했다.

"또 오실까요?" 선우가 주호에게 물었다.

"앞으로는 이런 일 없을 겁니다. 내가 엄마한테 잘 말씀드릴게요."

"글쎄." 영수가 중얼거렸다. "또 오실 것 같은데……."

영수 뒤를 따르던 선우가 멈춰 서자 바로 뒤의 재경도 걸음을 멈췄다. 선우가 얼빠진 얼굴로 영수를 쳐다보았다.

"왜 그래요?" 재경이 선우의 어깨를 잡았다.

"엄밀히 말하면 우리가 잘못한 게 맞지 않아요?" 선우가 물었다.

"어?"

"은희 씨가 나가라고 하시면 나가야 하지 않나 싶어서요."

"그거랑은 다르죠. 우리도 다 돈 내고 지내는 건데." 재경이 심드렁하게 말했다.

재경 뒤에 선 혜원이 커다랗게 헛기침 소리를 냈다.

"왜요?" 재경이 물었다.

"뭐가요." 혜원이 아무렇지 않은 얼굴로 되물었다.

선우는 두 사람의 아옹다옹하는 소리를 들으며 라운지 밖으로 나갔다. 그런가. 돈을 냈으니 나가지 않아도 괜찮은가. 매일을 성실히 살아가는 은희 씨 아래서, 밖을 오가는 사람들도, 조금 내려가면 있다는 모텔과 달방도 모르는 척 이대로 지내는 게 맞나. 확신이 서지 않았다.

모두가 걷고 기는 소리로 호텔이 시끌벅적했다. 네 사람은 만약을 대비해 모임을 다른 날로 미루고 각자의 굴로 흩어졌다.

*

은희는 일주일 만에 고라니 호텔로 돌아왔다. 수첩과 간식이 든 복대를 차고 굴을 돌아다녔다. 누군가를 만나면 칼이나 망치 대신 초코파이나 보리과자를 내밀었다. 사람들이 기겁하고 뒷걸음쳐도 아랑곳하지 않았다. 처음 며칠은 주호가 은희를 데리고 나갔지만 그때뿐, 그녀는 다음날, 그다음날도 터널을 누비며 굴과 손님의 위치를 파악했다. 시간이 지나자 사람들은 경계를 풀었고 무작정 은희를 피하던 이들도 간식을 받아먹기 시작했다.

호텔을 오간 지 보름이 되던 날, 은희는 사람들을 깨워 아침밥을 먹였다. 시간으로 보면 오후 6시였지만, 하루를 그즈음 시작하는 굴 사람들에게는 아침 식사인 셈이었다. 은희는 오후 5시 반에 호텔로 들어가 휴대폰으로 소고 연주를 틀었고 라운지에 사람이 어느 정도 모이면 아침을 차렸다. 무료는 아니었지만, 그 양과 맛에 비해 거저나 다를 바 없었다. 굴 사람 일부는 소고 소리에 귀를 막고 더욱 굴에 틀어박혔지만, 선우 무리를 포함한 나머지는 관심을 보였다. 식사를 귀찮아하는 선우도, 입맛이 무던해 맛을 못 느끼느냐는 말을 듣는 영수도 매일 라운지에 차려지는 아침상을 기다렸다.

재경과 혜원을 비롯해서 모임을 함께하는 네 사람 모두가 아침을 먹으려 매일 라운지로 나왔기에 그들은 금요일 하루였던 모임을 라운지가 문을 여는 모든 날로 늘렸다. 모임 횟수가 늘어난 것에 비해 내용은 점점 얄팍해졌는데 모든 기초 수업의 첫째 날 같았다.

그들은 요가, 주식과 가상 화폐 용어, 스페인어와 중국어를 함께 배웠고 음료수를 섞어 마시기도 했다. 비록 요가는 아는 동작이 몇 개 없다는 이유로 15분 만에 끝났고 스페인어는 공부한 단어가 숫자를 포함하여 스무 개도 안 되었으며 음료수를 섞어 마신 날에는 모두가 뱃속이 부글거린다고 불평을 해댔지만, 어쨌거나 뭔가에 도전한다는 생각이 그들에게 짜릿함을 주었다. 그들은 생각나는 게 없을 때까지 모임 주제를 짜냈다.

영수는 우드 카빙을 제안했는데 그도 몇 번 해보지 않은 일이라 사람들 질문에 잘 대답해주지 못했다. 그들은 있는 칼 없는 칼을 모두 모아 제각기 다른 나무토막을 깎았다. 나무토막은 손가락 네 개보다 작았는데 그럼에도 조각하는 데 생각보다 긴 시간이 걸렸다. 한참 나무를 깎다 시계를 본 그들은 하루가 다 지났음에 놀랐고 영수는 그 반응이 취미에 보내는 최고의 찬사라고 느껴 뿌듯해했다.

마침내 모임 주제가 떨어지자 혜원이 일기 쓰기를 제안했다. 재경이 무슨 일기를 같이 쓰냐며 반대표를 던졌지만, 달리 할 것도 없었으므로 결국 혜원이 그날의 모임장이 되었다. 재경의 걱정과 다르게 혜원이 말한 일기는 사적인 기록보다는 자가 치료에 가까웠다. 일기에는 하루하루 일어난 일이나 감상이 아닌, 각종 심리학 책에서 가져온 이론과 그 이론을 스스로 적용한 흔적이 남아 있었다.

"처음엔 잠이 안 와서 심리학 책을 읽었어요. 멀뚱히 누워 있느니 뭐라도 읽자 싶어서요."

혜원이 라운지 테이블에 일기장을 펼쳐 표시한 부분을 보여줬다.

"제가 도움을 가장 많이 받은 책 내용을 여기 적어놨는데요, 요약하면 우리를 힘들게 하는 감정은 잘못된 믿음에서 온다는 거예요."

영수가 혜원의 일기장을 읽어 내려갔다.

"종교요?" 재경이 물었다.

"아니요, 그런 거 말고요. 예를 들어서 제가 그 아래 적어둔 일기를 보시면 '내 인생은 끝났다'고 썼어요. 왜냐하면……" 혜원이 말을 골랐다. "왜냐하면 한창 뭔가를 해야 할 나이에 굴에 있으니까 앞으로도 뭘 이루지 못하겠다 싶어서요."

영수가 일기장에서 눈을 떼고 혜원을 바라봤다.

"여기에 깔린 잘못된 믿음은 그거죠. 뭔가를 해내지 못한 인생은 망한 것이다." 혜원이 말을 이었다.

재경이 미간을 찌푸리며 고개를 기울였다.

"또 다른 예를 들면요. 제가 부모님이 중3 때 돌아가시고 숙부, 숙모 밑에서 몇 년 살았거든요. 숙부가 고등학교 내내 돈 얘기를 하셨어요. 누구 딸은 취업해서 부모한테 받은 돈을 다 갚았다더라, 너도 얼른 커서 갚아야 하지 않겠냐, 그런 얘기요. 그럴 수 있겠다 했죠. 아무래도 애 키울 준비가 안 된 상태에서 저를 맡으셨으니까 금전적으로 부담이 되겠구나 했어요. 근데 알고 보니까 엄마 아빠 사망 보험금이 있었더라고요. 저희 집을 판 금액에다가 보험금까지 더해서 부모님이 진 빚을 갚고도 돈이 좀 남았대요. 그걸로 제 학원비에 생활비까지 넉넉하게 쓰신 모양이에요. 그걸 알고 제가 좀 서러웠거든요. 진짜 딸이었으면 그랬을까 싶고. 근데 다시 생각해보니까 숙부 입장에서는 저를 기른 대가를 받고 싶을 수도 있는 거예요. 관점을 바꾸니까 억울하고 슬픈 마음이 많이 사라지더라고요."

"딱히 잘못된 거 같지 않은데요?" 재경이 말했다. "혜원 씨 이십대 초반이고, 중요한 시기에 허송세월하는 거 맞잖아요. 그럼 당연히 불안하죠. 숙부 문제도 그래, 키워준 사람이 돈돈 거리면 섭섭하지 않을 사람이 어디 있어요. 부모가 그래도 연

끊을 판인데."

"보통 그렇게 당연하다고 생각하면서 화를 내는데 사실은 그게 진리가 아니라는 거죠." 혜원이 반박했다.

"말만 번지르르하지 아무것도 해결되지 않은 상태에서 괜찮은 척하는 거잖아요."

"뭘 또 그렇게까지 얘기해." 영수가 한 소리 했다. "좋게 생각하자는 거잖아."

"불안이랑 분노도 자연스러운 감정이에요." 재경이 말했다. "그런 감정을 외면하는 게 더 위험하다고요."

"누가 외면하라고 했어? 재 얘길 듣긴 한 거야?"

재경과 영수가 목소리를 높였다.

"그만하세요." 혜원이 웃으며 말했다. "제가 부탁할게요."

"뭘 그만해요?" 재경이 어리둥절한 얼굴로 물었다.

"제발요. 목소리 높일 일 아니잖아요." 혜원이 미소 띤 얼굴을 유지하려 애썼다. "그냥 제가 얘길 잘못 꺼낸 걸로 해요."

주호가 카운터 밖으로 고개를 내밀었다.

"아니, 왜요?" 재경이 답답해하며 말했다. "대화하는 거잖아요."

"그러고 보니까 저도 잠을 잘 못 자는데," 선우가 어설프게 화제를 바꿨다. "책을 읽으면 잠이 좀 오나요?"

네 사람이 벙한 얼굴로 선우를 바라봤다.

"아까 잠이 안 와서 책을 읽었다고 하셔서요."

"책도 책인데……" 혜원이 얼떨떨한 얼굴로 대답했다. "매일 같은 시간에 자는 게 좋아요. 자기 전에 뭐 먹지 말고 낮에 햇볕을 쬐면 더 좋고요. 자려고 누웠는데 안 좋은 생각만 들 때는 눈 감은 채로 웃으면 생각이 가라앉고 조금씩 잠이 와요."

"웃는 거 빼고는 다 하는 거 같은데……." 선우가 중얼거렸다.

"다 한다고? 낮에 해도 쐐요?" 주호가 물었다.

"저기 가짜 배수로 덮개 있잖아요." 선우가 라운지 밖을 가리켰다. "실리콘 매트 들추고 앉아 있으면 햇빛이 그 사이로 들어와요."

"그거 진짜 급할 때만 쓰라니까요?"

"괜찮던데요. 위에 지나가는 사람도 없고……."

선우의 말에 주호가 앓는 소리를 냈다.

"나처럼 그냥 당당하게 산 타요." 재경이 조금 전 일은 잊은 듯 태연하게 말했다.

"지금까지 안 들킨 거 보면 진짜 잘 피해 다니나보다." 혜원 또한 장난스럽게 말을 받았다.

"그런 편이죠. 안전한 길이 다 있어요."

"에이, 진짜요?"

"응, 진짜로." 혜원의 물음에 재경이 사뭇 진지한 얼굴로 고개를 여러 번 끄덕였다.

"그럼 언제 날 잡아서 다 같이 일광욕이나 하러 갈까요?" 혜원이 물었다.

"어?" 주호가 믿을 수 없다는 표정으로 그녀를 쳐다봤다.

"어차피 사람 많다면서요. 등산하는 사람처럼 입으면 괜찮지 않을까요?" 혜원이 덧붙였다.

"그러다 들키면요. 쫓겨나는 거 아니에요?" 선우가 물었다.

"잘 풀리면 흙 묻은 미친놈 되는 거고 안 풀리면 여기 있는 사람들 다 길에 나앉게 되겠지." 영수가 힐긋 주호를 쳐다보며 말했다. "매점에 문제 생겨서 호텔 문 닫아봐라, 우리도 우리지만 굴 안쪽에 있는 강 할머니 같은 분들은 그냥 나가 죽으시라는 얘기야."

큰 한숨 소리와 함께 주호가 다시 카운터 속으로 고개를 숙였다. "다 같이 나갔다가 무슨 일 생겨도 난 몰라요. 어디서 잡혀와도 모른 척할 겁니다." 주호가 카운터 책상에 놓인 미니어처 의자에 이쑤시개 하나를 더 붙였다.

"근데 나는 요새 진짜 잘 자는데." 재경이 말했다.

"좋겠네." 영수가 빈정거렸다.

"은희 씨가 아침에 깨워주셔서 그래요. 매일 같은 시간에 일어나니까 몸도 가뿐하고. 대단하셔요."

"매번 구박만 하시는데 뭐가 그렇게 좋아요?" 주호가 카운터 속에 파묻힌 채로 물었다.

"무슨 실수를 한 건지, 어떻게 행동해야 하는지 다 말해주시잖아요. 구석에 있으면 불러서 챙겨주시고. 은근 다정하시다니까요?"

"글쎄, 이유 없이 그러실 분이 아닌데." 주호가 말했다. "우리 엄마는 해야 한다고 생각하는 일은 반드시 해내는 사람이라, 난 좀 무서워요."

과연 은희는 해야 한다고 결심한 일은 하고 마는 사람이었다. 그녀는 주호조차 몰랐던 호텔 내부 지도를 그려냈고 투숙객 명단을 작성했다. 무려 여덟 달 동안 굴에서 나오지 않던 강할머니조차 은희를 피해갈 수 없었다. 은희는 연갈색 이불을 두른 노인을 보았고 수첩에 기록한 다음 뒷걸음질로 굴을 나갔다. 노인에 비하면 나머지 투숙객들은 찾기 수월했다. 몇 번의 검증으로 지도에 오류가 없음을 확인한 뒤 그녀는 작전을 수행했다.

우선 아침마다 트는 모닝콜을 소고 연주에서 휴대폰 알람 소리로 바꿨다. 유명 휴대폰 회사 두 곳의 기본 알람을 번갈아 틀었는데 속세를 피해 굴에 들어온 사람들에게 그만큼 잠을 깨우는 소리는 없었다. 휴대폰 알람을 튼 지 3일 만에 투숙객 3분의 1이 호텔을 나갔다. 대부분이 호텔에 반년 이상 머문 사람들로, 낮과 밤이 완전히 뒤바뀌어 안 그래도 깊이 잠들지 못했는데 알람 소리까지 울리자 더는 견디지 못했다.

다음은 은희가 매점 문을 일찍 닫아가며 꽤 오랜 시간 준비한 작전이었다. 그녀는 다섯 가지 기본 반찬에 고기나 해산물 요리를 메인으로 내고 디저트로 과일까지 준비하던 조식 서비스를 하루아침에 그만두었다. 알람 소리를 듣고 라운지로 나온 사람들이 어리둥절한 얼굴로 빈 테이블과 주호를 바라보았다. 주호가 서둘러 창고에 넣어둔 인스턴트로 아침상을 차렸지만, 이미 집밥을 떠올리게 하는 아침에 익숙해진 사람들은 쉽게 그 맛을 잊지 못했다. 결국 은희가 아침식사를 중단한 지 일주일 만에 남은 이들 중 반 이상이 호텔을 떠났다.

은희는 성공이 눈앞에 있다고 생각했다. 남은 사람은 아홉 명에 불과했고 각자의 약점을 찾기만 하면 내보내는 일은 시간문제였다. 그녀는 다양한 방법을 시도했다. 1층 창고와 이어진 지하실 문을 열어두고 인기 급상승 영상을 큰 소리로 트는가 하면 뒷마당에서 삼겹살을 구워 먹기도 했다. 라운지 테이블에 라디오를 가져다 놓았고 슬라이딩 책꽂이에 최신 잡지와 자기 계발서를 표지가 보이도록 세워두었다. 그러나 남은 투숙객은 호락호락하지 않았다. 그들 중 한 명이 난리 끝에 호텔을 나갔을 뿐 남은 여덟 명은 눈 하나 깜빡하지 않았다.

특히나 선우를 비롯해 매일 라운지에 나오는 네 사람은 은희가 만든 여러 상황을 도리어 즐기는 듯했다. 오픈 시간에 맞춰 라운지에 나오는 혜원은 책을 진열하거나 라디오를 트는 은희를 매번 도와주었고 천연덕스럽게도 은희가 원하면 매점 오픈 준비를 돕겠다고 말했다. 재경은 은희가 호텔에 관여한 뒤 호텔 수준이 백배는 나아졌다며 그녀를 칭송했다. 선우는 말없이 그녀를 바라보기만 했고 영수는 라운지에 나오다 안 나오다 했지만, 두 사람 모두 그녀가 하는 일에 크게 개의치 않았다. 네 사람이 라운지에 모여 앉은 모습을 보면 은희는 상냥한 하숙집 주인으로 바꿔 낀 가면을 잊을 만큼 울화가 치밀었다.

한편 네 사람에게 은희는 고맙고 반가운 존재였다. 그녀는 그들을 깨워주고 밥을 챙겨주고 다양한 문화와 취미 시설을 제공해주었다. 무엇보다 그녀는 그들을 동등한 사람으로 대했다. 그 사실이 그들에게 묘한 자신감을 주었다. 계속 땅속에서 살아도 큰 문제가 없으리라는, 그저 짧은 휴가를 즐길 뿐이라는 생각에 힘이 실렸다. 자라난 자신감은 마음을 부풀려 밖에 나가는 일을 우습게 느끼도록 만들었다. 이윽고 재경이 4월 마지막 주 화요일이자 휴양림 휴무일에 해를 보러 나가자고 제안하자 선우와 혜원, 그리고 영수마저 좋다고 대답했다. 그들은 함께였고 칼과 망치를 들고 달려들던 은희도 이제는 그들 곁에 있었다.

나가는 날짜를 정한 날, 주호가 그들이 만든 나무 조각을 라운지로 가져왔다. 햇볕에 말리고 오일을 바른 조각은 색이 조금 더 진해져 있었다. 퍼질러 엎드린 강아지와 귀가 짧은 토끼, 끝만 둥글게 깎인 나무토막과 각진 물고기가 카운터에 놓였다. 주호가 조각한 손바닥 반만 한 책꽂이는 이쑤시개로 만든 집 속 미니어처 의자 곁에 두었다.

선우는 카운터에 놓인 조각품을 여러 번 돌아보았다. 엉성하기 짝이 없는데도 자꾸 보고 싶었다. 그날 그는 상상 속 저택에 새로운 공간을 만들었다. 사막 풍경이 그대로 보이는 방에 모래를 깔고 다섯 개의 선베드와 넓은 라탄 테이블, 바비큐 그릴을 놓았다. 혜원, 재경, 영수, 주호가 그곳에 있다면 어떤 얼굴로 무슨 반응을 보일지 상상했다. 뒤늦게 은희가 오자 선베드 하나를 더 들이기도 했다. 그들은 창문을 열고 사막의 밤공기를 맞으며 바비큐를 먹었다. 설렁한 바람이 불었다. 선우가 선베드에 누워 눈을 감았다.

*

4월 마지막 화요일이 다가왔다. 선우를 비롯한 네 사람은 햇볕 아래서 함께 걸을 날을 기다리며 그날 입을 등산복과 산책 코스를 골랐다.

월요일 저녁, 라운지 문을 연 주호는 매점 마감 정리를 도우려 잠시 1층에 올라갔다가 새로운 소식을 들었다. 그가 지하실로 돌아와 비보를 전했다.

"내일 대회의실에서 휴양림 관계자 워크숍을 열 거래요. 회의하고 사슴 연립동에서 자고 간대요."

"내일?" 재경이 물었다. "내일은 휴양림 쉬는 날이잖아요."

"원래 다른 곳에서 하기로 했는데 거기 문제가 생겨서 여기로 옮겼대요. 매점도 하루 쉬기로 했어요."

"관계자면 휴양림에서 일하는 분들이에요?" 선우의 물음에 주호가 고개를 끄덕였다. "서른 명 정도."

"어떡하지." 혜원이 말했다.

"어떡하긴 내일은 못 나가는 거지." 영수가 말을 받았다. "다음에 나가."

"근데 사슴 연립동이면 여기서 도보로 두 시간 거리잖아요. 대회의실은 더 멀고. 밖에서 돌아다닌다고 해도 여기까진 안 올 텐데." 재경이 말했다.

"얘기 들어보니까 그쪽에만 있을 것 같긴 해요." 주호가 말했다.

"나가도 된다는 거네요?" 재경이 물었다.

"뭐 굳이 나간다면 내가 말릴 순 없죠." 주호가 대답했다.

"그럼 예정대로 갈까요?" 혜원이 묻자 주호를 제외한 나머지가 왁자지껄 동의하는 소리를 냈다.

그들은 간이 부을 대로 부어 있었다. 선우는 특별히 주문한 5인용 돗자리를, 재경은 선글라스와 쌍안경을 챙겼다. 심지어는 주호마저 돗자리를 펼 장소에 잠시 들른다고 했다가 새벽 4시쯤 마음을 바꿔 애인을 보러 가기로 했다. 게리가 퇴근할 시간에 맞춰 깜짝 방문할 생각이었다. 혜원은 미리 연락하고 가라고 조언했고 재경은 무조건 꽃을 사야 한다고 주장했지만, 사실 두 사람 다 주호의 일에는 큰 관심이 없었다. 그들은 오랜만의 소풍을, 다 함께 돗자리에 둘러앉아 햇볕을 쬐는 시간을 기다렸다.

노을이 기가 막히게 보이는 장소를 안다는 재경의 말에 그들은 오후 3시에 나가 노을을 보고 돌아오기로 했다. 화요일에 만난 네 사람은 터널과 좁은 통로를 지나 재경이 파놓은 굴로 나갔다. 굴은 휴양림 산책로에서 30미터 정도 떨어진 비탈로 이어졌다. 재경의 안내를 따라 언덕을 오르자 산책로가 보였다.

"여기는 사람이 잘 안 와요. 등산로도 아니고 야영장이나 객실에서도 멀리 떨어져 있어서. 기껏 와봐야 관리소장 아들, 그 꼬맹이나 올까."

재경의 말이 끝나기 무섭게 아이들이 시끄럽게 떠드는 소리가 들렸다. 네 사람이 급히 몸을 숨기고 산책로를 올려다보았다.

"저기 아래 있다니까요?" 관리소장 아들이 중년 여자의 손을 잡고 모퉁이를 돌았고 예닐곱 살로 보이는 아이 넷이 그 뒤를 따랐다.

"우리 너무 멀리 왔는데?" 여자가 사파리 모자를 조금 벗고 이마에 맺힌 땀을 닦았다. "아직 멀었을까?"

소장 아들은 뒤처진 아이들을 채근하고 중년 여자를 밀며 아래로 내려갔다. 무리 중 소장 아들이 말하는 목적지에 관심이 있는 사람은 없었다. 아이들은 지루해했고 어른은 지쳐 있었다.

"땅속에 사는 사람이 있다고요."

선우가 고개를 쳐들었고 재경이 선우를 돌아봤다. 나머지 둘이 놀라 선우와 재경을 바라보는 사이 아이들 무리가 그들

시야에서 사라졌다.

“미친.” 재경이 중얼거렸다.

“뭔데? 재가 너 봤어?”

“재가 누군데요?”

영수와 혜원이 연이어 물었다.

“나는 아니고요.” 재경이 고갯짓으로 선우를 가리켰다.

“제가…… 저번에 굴을 파다 들키긴 했는데요.” 선우가 돗자리 가방끈을 만지작거리며 말했다.

“뭐? 언제?” 영수가 물었다.

“별일은 없었어요.” 선우가 도움을 청하는 눈빛으로 재경을 바라봤다. “그 굴도 바로 막았고요.”

“일단 따라가봐요. 무슨 상황인진 알아야죠.” 혜원이 일어나 바지에 묻은 흙을 털었다.

영수가 놀라 혜원을 쳐다봤다.

“뭔 일이야 있겠어요? 우리 다 등산객처럼 입었잖아요.”

혜원의 말에 재경과 영수가 웃음을 터뜨렸다. 선우는 잔뜩 긴장한 채 소장 아들과 마주친 날의 기억을 더듬었다. 굴을 덮긴 했지만, 뒤처리를 얼마나 꼼꼼하게 했는지 잘 기억나지 않았다. 그들이 산책로와 어느 정도 거리를 유지하며 아이들과 어른이 사라진 곳으로 내려갔다.

한참 길을 내려가자 소장 아들의 목소리와 아이들의 환호성이 들려왔다. 선우 일행이 나무에 몸을 숨기고 소리가 나는 쪽으로 다가갔다. 마침내 둥그렇게 모여 선 아이들이 보였다. 무리 가운데 선 소장 아들이 흙 묻은 손으로 발밑의 굴을 가리켰다.

"봐봐요. 파니까 나오잖아요. 여기서 봤다니까요?"

중년 여자가 흥미로운 얼굴로 굴을 관찰했다.

"어머, 우리 친구가 굴을 찾았네?" 여자가 목소리 톤을 높였다. "얘들아 여기 한번 봐봐. 너무 신기하다, 그죠? 아줌마도 이런 거는 처음 보네?"

재경이 선우의 어깨를 세게 잡았다. 선우가 반사적으로 인상을 찌푸리며 그를 돌아보았다. 막았다며. 재경이 입만 벙긋거렸다. 선우가 가느다란 숨을 내쉬며 수풀 사이로 아이들을 쳐다봤다.

"이게 오소리 굴인가?" 굴을 들여다보던 중년 여자가 말했다.

"풉." 혜원이 짧은 웃음을 터뜨렸다. 선우 일행이 혜원을 쳐다보자 그녀가 미안한 얼굴로 입을 막았다. 다행히 혜원의 웃음소리는 아이들이 내는 말소리에 묻혀 굴까지 닿지 않았다. 오소리라는 말에 흥분한 아이들이 너도나도 나뭇가지와 돌을 주워 굴에 던져 넣었다.

"오소리 아니라고요!" 소장 아들이 소리를 빽 질렀다.

"자, 자, 얘들아 그러면 안 되지." 중년 여자가 진땀을 흘렸다. "우리 친구는 또 왜 화가 났지?"

수풀 뒤에 숨은 네 사람이 안도의 숨을 내쉬었다. 영수가 그만 돌아가자고 손짓했고 세 사람이 발소리를 죽여 몸을 돌렸다. 그때 누군가 선우의 돗자리 가방을 잡아당겼다. 선우가 고개를 돌리자 그 자리에 작은 아이가 서 있었다.

"어후." 선우가 작게 신음을 내뱉으며 주저앉았다.

"아저씨 땅에 살아요?" 아이가 물었다.

"아니? 아니야. 아저씨 등산객인데?" 선우가 작게 대답했다.

"어이, 꼬마야." 영수가 몸을 숙인 채 그들에게 다가왔다. "나 봐봐."

아이가 겁에 질려 그를 바라봤다. 빛을 등진 영수의 얼굴이 유독 어두웠다.

"아저씨 키가 이렇게 큰데 어떻게 땅속에 살겠어?" 영수가 아이를 귀여워하며 웃었다. 그의 눈이 가늘어지고 이가 드러났다.

아이의 다문 입과 턱이 떨렸고 눈에는 눈물이 고였다.

"야야, 애 운다." 재경이 말하고는 다른 사람을 치고 달려나갔다. 남은 세 사람도 몸을 낮춘 채로 기고 구르며 그곳을 벗어났다. 몇 초 뒤 아이가 울음을 터트렸지만, 그 이유가 된 사람들은 모두 사라진 뒤였다. 중년 여자가 영문도 모른 채 서럽게 우는 아이를 달랬다.

선우는 재경의 굴 구멍이 있던 곳으로 무작정 달렸다. 다른 세 사람은 어디로 도망쳤는지 보이지 않았다. 분명 위기였지만, 웃음이 터져나왔다. 선우가 구멍 근처로 돌아가 등산복에 달린 모자를 쓰고 쭈그려 앉았다. 녹색과 회색이 섞인 등산복이라 몸을 최대한 웅크리면 눈에 띄지 않을 것 같았다.

몇 분이 지났을까 다가오는 발소리가 들렸다. 선우가 긴장한 얼굴로 소리가 나는 쪽을 쳐다봤다.

"아저씨 굴에 살아요?" 재경이 바위 위로 머리를 내밀며 물었다.

온몸이 굳은 채 그를 올려다보던 선우가 상황을 파악하고 웃었다.

"이제 간 것 같아요." 재경이 말했다.

그들은 혜원과 영수를 찾아 슬렁슬렁 비탈을 걸었다. 좁은 잎을 늘어트린 상수리나무들 틈에 진녹색 소나무, 노란 꽃을 피운 생강나무가 자라 있었다. 그들이 나무에 기대앉은 영수를 찾았고 곧이어 숲을 헤매던 혜원과 마주쳤다.

재경이 선우와 함께 노을을 본 곳으로 그들을 안내했다. 그들이 넓은 바위에 돗자리를 펴고 앉았다. 나무와 바위를 물들인 노을빛이 조금씩 옅어졌다.

혜원이 홀로 웃었다.

"왜?" 영수가 물었다.

"아니, 오소리 굴이라잖아요." 혜원의 웃음소리가 점점 커졌다.

"그래도 오소리라고 생각해서 다행이죠." 재경이 말했다. "안 그랬으면 사장님한테 한 소리 듣고 쫓겨났을 텐데."

"사장님뿐이겠어요. 은희 씨도 바로 망치 들고 오셨을걸요."

선우가 자조적으로 대답했다.

그들이 낄낄대며 웃었다.

"근데 아저씨 아까 애한테 뭐라고 한 거예요?" 혜원이 물었다.

"별 얘기 안 했는데? 그냥 내가 크니까 굴에 못 들어가지 않겠냐고."

"되게 무서워하던데요."

"그러니까요. 제 생각에는 저보다 선생님 때문에 더 위험했던 것 같은데……." 선우가 말했다.

"어쭈." 영수가 제법이라는 듯 선우를 쳐다봤다.

"근데 우리 햇볕 쬐기로 했는데 다들 제대로 못 쐐서 어떡해요?" 혜원이 물었다.

"다른 건 몰라도 해는 제대로 쐬지 않았어?" 영수가 되물었다.

"하여튼 진짜." 재경이 고개를 젓혔다. "우리 웃겼다."

그들이 실루엣만 남은 능선 너머로 사라지는 빛을 바라봤다.

*

라운지로 돌아간 선우 일행이 테이블에 놓인 치킨과 보쌈, 떡볶이를 내려다봤다.

"웬일이래. 배 사장이." 영수가 놀라 물었다.

"오는 길에 생각나서요." 주호가 대답했다.

"데이트는 잘했어요?"

재경의 말에 주호가 짧게 고개를 끄덕였다.

"저희는 일이 좀 있었는데……." 혜원이 낮에 일어난 일을 고백했다. 관리소장 아들의 말과 선우가 판 굴을 내려다보던 아이들, 돌아서다 마주친 아이에 대해 말했다.

"죄송해요." 선우가 머리를 수그렸다.

"괜찮아요." 주호가 선우의 어깨를 가볍게 두드렸다. "관리소장네 막내는 원래 엉뚱한 말을 많이 해서 애가 뭐라고 해도 다들 진지하게 안 들을 거예요."

"하, 다행이다." 선우가 크게 말하며 테이블 위에 엎드렸다.

"자식이, 걱정했냐." 영수가 선우의 머리카락을 흔들었다. "얘 오늘 웃겼다고, 아주."

그들이 콜라와 사이다 잔을 부딪쳤다. 술은 한 모금도 마시지 않았지만, 잠이 부족한데다 마음이 들떠 취한 듯 정신이 알딸딸했다. 그들은 주호가 사 온 음식을 먹으며 낮의 탈출기를 되풀이했다.

"형님은 그냥 귀여워한 건데 애가 울더라고." 재경이 깔깔댔다.

"어린애들이 그렇게 나를 무서워하더라. 울면서 지네 부모한테 쪼르르 달려가. 그러면 나도 걔네한테 말하지. 너네만 가족이 있냐? 나도 있다. 아들도 있고 딸도 있단다. 우리 애들이 얼마나 잘 자랐다고. 우리 아들은 지 식당이 있고 딸은 빌딩 하나를 다 쓰는 회사에 다닌다니까."

"자녀분이 저랑 또래라고 하셨죠." 선우가 반가워하며 말했다.

"너가 몇 살이더라? 너보다 조금 많지. 첫째 딸은 서른넷, 둘째 놈이 서른둘. 아들은 지 엄마랑 살고 딸은 진작 독립했는데 그래도 맏이라고 지 아빠를 좀 챙기는 편이지."

"따님이랑은 연락도 자주 하시잖아요." 주호가 거들었다.

"응, 한 달에 한 번은 전화하러 강산역에 가. 나간 김에 근처 모텔에서 하루 자고."

"전화하러 왜 굳이 거기까지 가세요? 휴대폰 없으면 말씀하시지, 빌려드렸을 텐데." 재경이 말했다.

"뭐 그런 말할 사이도 아니었고," 영수가 대답했다. "그게 내 나름대로 헛헛한 마음을 달래는 방법이야. 처음에 휴대폰 없앴을 때 다른 건 다 괜찮은데 우리 딸 연락 못 받을까봐 걱정되는 거야. 안 그래도 저 힘든 거 말 못하는 앤데, 어쩌다 나한테 하고 싶은 말이 생겨도 연락할 번호가 없으니 어떡해. 그래서 배 사장한테 물어봤더니 여기 번호는 가르쳐주면 안 된다고 하더라고."

그들이 주호를 바라봤다.

"아무리 그래도 안 돼요." 주호가 고개를 저었다.

"그래서 공중전화가 있는 데를 찾다가 강산역까지 내려갔지. 역 앞 공중전화로 전화하고, 애가 바쁘니까 별로 길게도 안 했어, 5분? 그러고 끊었는데 내가 애한테 한 말이 머리에 맴도는 거야. 언제든 네가 말만 하면 아빠가 갈게, 그랬거든. 근데 애가 나를 만나고 싶어도 내가 연락받을 번호가 없잖아. 그래서 근처 모텔에 가서 사정을 말하고 혹시 딸한테 전화가 오면 알려줄 수 있냐, 그러니까 해주겠다고 해서 거기서 하루 잔 거야. 딸한테 혹시 더 얘기하고 싶으면 거기로 전화하라 하고. 그때부터 쭉 그 모텔 단골이 된 거지."

선우가 라운지 사물함에 든 휴대폰을 떠올렸다. 연락이 와 있을까. 그가 조심스레 일어나 주호에게 휴대폰을 부탁했다.

“형님은 처음 봤을 때랑 이미지가 완전히 다르네요.” 재경이 감탄하며 말했다. “딸 연락이고 뭐고 칼빵 놓기 바쁠 것 같은 얼굴인데.”

혜원이 입을 벌리고 재경을 돌아봤다.

“무슨 그런 말을 해요?”

“뭐가요.” 재경이 억울한 표정으로 되물었다.

“근데 딸도 딸인데 나를 시험해보는 것도 있어. 나 금주 반 년째거든.” 영수가 손가락으로 브이 자를 그려 보였다.

“금주?” 재경이 눈을 크게 떴다.

“대단하십니다.” 선우와 함께 계단 밑 창고에 들어갔다가 테이블로 돌아온 주호가 말했다.

“이대로 나가도 될 것 같은데 그래도 1년 채워볼까 싶어. 전에 몇 번 끊었다가 다시 마셨거든. 이번에는 성공해야지. 그래야 애들 결혼할 때 상견례도 나가고 손도 잡아주고 하지.”

선우가 주호의 눈치를 보다가 라운지 구석에 쭈그려 앉았다. 대화에 집중한 주호를 힐긋 보고는 휴대폰을 켰다. 고작 휴대폰을 확인하기 위해 호텔을 지나 밖으로 나가기에는 몸이 너무 피곤했다. 선우가 휴대폰에 뜬 메시지를 확인했다. 짧으면 몇 시간, 길어야 사흘 이내에 도착한 메시지였다. 휴면 계정 전환, 이용약관 개정을 알리는 브랜드 채널의 톡과 고등학교 친구들 단톡방에 올라온 실없는 톡이 보였다. 낯선 번호가 찍힌 문자도 여러 개 와 있었다. 선우 씨, 김수산나입니다,라는 말로 시작되는 문자를 이해하기까지 선우는 여러 번 문자를 읽어야 했다.

—선우 씨, 김수산나입니다. 내 번호에는 답이 없어 남편 번호로 연락합니다. 일을 그만두던 날 선우 씨 얼굴이 마음에 걸려 걱정됩니다. 혹시 힘들거나 대화할 사람이 필요하면 언제든 연락 주어요. 선우 씨의 삶은 절대 무가치하지 않습니다.

다른 문자도 비슷한 내용이었다. 선우가 회사를 그만두고 썼던 심부름 앱과 흐릿한 김수산나의 얼굴을 떠올렸다. 그가 헛웃음을 치며 문자 창을 닫았다. 다른 앱을 확인했지만, 부모에게 온 연락은 없었다. 고등학교 친구들 단톡방에 가벼운 답을 보내고 휴대폰을 껐다.

"하루는 딸이 그러는 거야." 잠에 취해 얼근해진 영수가 사이다를 들이켰다. "대학 때 친구 누구는 아빠가 등록금도 대주고 용돈도 줄 테니까 아르바이트하지 말고 성적 장학금이나 타라고 했대. 근데 지 아빠는 술 때문에 직장까지 잘리고도 정신을 못 차려서 집에서 술을 또 마셨다는 거지. 자기한테는 오랫동안 아빠가 없었다고 하더라. 그 얘기 들으니까 정신이 바짝 들데. 우리 애들을 위해서라도 빨리 나가야겠다, 이번엔 성공해야겠다, 싶더라고."

혜원이 괜히 휴지를 뜯어 테이블에 떨어진 쌈장을 닦았다.

"금주 반년이면 성공한 거나 다를 바 없지요." 주호가 말했다. 재경도 고개를 끄덕였다.

"제 생각에는," 선우가 입을 열었다. "그 정도면 좋은 아빠인 것 같아요."

네 사람이 선우를 돌아봤다.

"그냥…… 낳아줬다는 이유로 자식이 무조건 자기 말을 들어야 한다고 생각하는 부모도 있잖아요. 자식 입장에서는 그런 게 더 숨 막히거든요. 지금이라도 자식 얘기에 귀 기울이고 노력하시는 게 좋아 보여요." 선우가 말했다.

영수가 천장을 보았다가 다시 테이블을 바라봤다.

"그리고요, 저 사실 대학생 아니에요. 학교도 지방대 졸업했고 회사 관두고 들어왔어요." 선우가 말했다.

"그치?" 재경이 선우를 손가락질하며 말했다. "어쩐지 낯빛이 훤한 게 회사 때려친 직장인이다 했어."

"언제는 대학생 같다면서요." 혜원이 말했다.

"대학생이라고 속였어?" 영수가 어리둥절한 표정으로 선우를 바라봤다. "왜?"

"서울에 있는 대학 다니다가 온 걸로 생각하시길래 지방대 나왔다고 하기가 좀 뭐해서요."

"그거 뭐 별거라고." 영수가 중얼거렸다.

"어차피 몇 년 지나면 학벌이 안 중요한 세상이 와요." 재경이 말했다. "대학 갈 애들도 없을뿐더러, 전에도 말했지만, 지금이랑은 전혀 다른 규칙에 맞춰서 살아야 하기 때문에……. 그렇다고 해도 아직까진 학벌이 중요하긴 하죠."

"진짜," 혜원이 재경을 쳐다봤다. "눈치 없다는 소리 많이 듣죠?"

"왜 내가 말만 하면 짜증이에요?" 재경이 되물었다. "나 싫어해요?"

"재경 씨가 뭐라고 제가 재경 씨를 싫어해요."

"내가 뭐라고? 뭔 말을 그렇게 해요?" 재경이 의자에서 일어섰다.

"쉿," 주호가 말했다. "목소리 좀 낮춰요."

"그렇잖아요." 혜원이 말했다. "상대방 말이랑 상관없이 그쪽 하고 싶은 얘기만 하고."

"내가요?"

"네."

재경이 뚱한 얼굴로 자리에 앉았다. 카사블랑카 포스터에 불이 들어오고 계단 위 지하실 문이 열렸다.

"조용히 안 해?" 은희가 매섭게 소리쳤다.

"미안, 엄마. 조용히 할게요." 주호가 대답했다.

"은희 씨도 같이 드실래요?" 혜원이 계단으로 고개를 빼고 물었다.

"은희 씨는 무슨." 잠옷 바람에 경량 패딩 조끼를 걸친 은희가 계단을 내려왔다. 그녀가 모여 앉은 이들을 얼떨떨한 얼굴로 바라봤다. 그녀의 연구 대상이 모두 그곳에 있었다. "얘는 배 사장이고 나는 은희 씨야?"

"어르신." 영수가 꾸벅 고개를 숙였다. "여기 앉으세요."

"어르신 같은 소리 하네." 은희가 영수가 빼놓은 의자에 앉았다.

"그럼 회장님이라고 할까요?"

혜원의 말에 은희가 픽 웃었다. "그러든가."

은희는 한동안 가만히 앉아 다섯 명이 나누는 이야기를 들었다. 벌써 4월 마지막 주라는 주호의 말에 그들은 여름이 되면 해야 할 일을 공유했다. 영수가 담배꽁초로 해충을 쫓는 법을 소개했다. 담배꽁초는 주차장 옆 흡연 구역에서 가져오면 된다고 했다. 다만 여름에는 한밤중이나 새벽에도 사람이 오기 때문에 여름이 오기 전 꽁초를 미리 모아두는 게 좋다고 덧붙였다. 테이블에 놓인 음식이 빠르게 줄어들었다. 그들이 하나둘 젓가락을 내려놓고 졸린 눈을 끔벅였다. 대화를 멈춘 사이 은희가 궁금한 점을 물었다. 어떻게 이곳에 오게 되었는지, 가족들도 아는지, 이곳을 나가서는 뭘 할 생각인지……. 그녀는 그들에게 관심이 많았다.

다들 말을 아끼는 가운데 혜원이 입을 열었다. 부모가 당한 화재 사고와 후견인이었던 숙부 내외에 대해 말했다. 그녀는 고등학교 졸업 후 바로 취업했다. 더 이상 숙부 내외에게 얹혀

살고 싶지 않았다. 그들에 대한 양가적 감정이 그녀를 괴롭혔다. 그들이 치사하고 그들에게 섭섭하다가도 그런 생각이 든다는 사실에 미안함과 죄책감을 느꼈다. 취업한 식품 공장은 작업 환경이 좋지 않았다. 어리다는 이유로 힘든 일을 맡을 때가 많았다. 돈 버는 기계가 된 기분도 들었다. 그녀는 그제야 하고 싶은 일에 대해 생각했고 공장을 그만두었다. 아르바이트를 하며 소방공무원 시험을 준비하다가 저렴한 비용으로 시험에 집중할 장소를 찾아 고라니 호텔로 들어왔다.

"그렇게 들어오고 벌써 2년이 다 되어가지만요." 혜원이 머쓱한 얼굴로 덧붙였다.

"회장님, 저는요. 부모님도 아세요." 재경이 불쑥 말했다.

"뭐를? 부모님한테 말했어?" 은희의 표정이 심각해지자 주호가 심드렁한 얼굴로 고개를 저었다.

재경이 만족스러운 얼굴로 손사래를 쳤다.

"어디 있는지는 모르시고요. 제가 왜 이러는지, 잘 지내고 있는지는 아세요. 가끔 돈 떨어지면 집에 다녀오거든요. 저금통 뒤지고 아버지 비상금도 찾고 편지도 써놓고 와요. 저는 건강히 잘 있습니다. 세상을 돌아다니며 제 삶의 다음 여정을 찾고 있어요,라고요."

"부모님이 아주 답답하시겠네." 은희가 한결 가벼워진 표정으로 말했다.

"지금은 그러셔도 제가 돌아갈 때쯤이면 잘했다고 하실걸요? 저는 여기서 나가면 대학원을 갈까 싶어요. 아까 혜원 씨가 돈 얘기했는데 저도 좋은 데 취업해서 돈 잘 벌면 행복할 거라고 생각했거든요. 근데 또 그건 아니데요. 사방에 사람 탈을 쓴 개새끼가……. 아, 험한 말 죄송합니다, 회장님. 하여튼 저는 여기서 적성을 찾았어요. 제가 두더지랑 새를 좀 관찰했거든요. 한참 기다린 끝에 뭐 하나 발견하는 것도 재미있고, 책이나 논문 보면서 배우는 기분도 좋아요. 그걸로 돈을 벌 수 있을진 모르겠지만. 뭐, 코인만 대박 나면 돈은 걱정 없으니까요."

영수는 알코올 의존증에 대한 이야기는 빼고 이혼한 아내와 자식들을 짧게 언급했다. 어머니뻘인 은희 앞에서 치부를 밝히고 싶지 않았다. 그는 고라니 호텔을 나가면 목공을 제대로 배워볼 거라고 말했다. 조금이라도 돈을 벌면 가족과 외식도 하면서 달라진 모습을 보여주고 싶었다.

그들은 서로의 미래를 응원했다. 선우는 아직 젊으니 잠깐 쉬고 나가도 쉽게 일자리를 찾을 터였고 똑 부러지는 혜원도 금세 소방공무원에 합격할 것 같았다. 재경에게는 뒤늦게 찾은 적성이 평생 가더라는 덕담이, 영수에게는 손재주에 대한 칭찬이 쏟아졌다. 진심인지는 몰라도 은희마저 그들을 격려했다. 40년 가까이 매점을 운영하며 별사람을 다 만나본 자신이 보기에 그들은 인생을 잘 살아갈 사람들이라고, 은희는 어느 자애로운 회장처럼 그들을 다독였다. 그녀 생각에 힘든 시간을 버티는 힘은 책임감이었다. 누군가를, 그 누군가가 없다면

스스로를 보살피고 이끌어야 한다는 책임감.

꾸벅거리며 졸던 영수가 쌈장에 이마를 박자 그들은 상을 치우고 돌아갈 준비를 했다. 라운지 불이 꺼지고 선우를 비롯한 네 사람이 잠과 배부름과 희망에 취해 라운지를 나섰다. 그들은 언젠가 이루어지길 바라던 미래가 손에 닿을 듯 가까워진 기분을 느꼈다. 스스로 되뇔 때는 믿기 어렵던 말이 다른 사람의 입에서 나오자 믿을 만한 말이 되었다. 그들은 각자의 굴에 누워 서로의 말을 되새겼다.

평온하고 따스한 날이 계속되었다. 굴 사람들은 다가오는 여름을, 늘어날 벌레와 폭우를 걱정했다. 어쩌다 비가 오면 사방에서 물이 내려가는 소리가 들렸다. 그들은 문득 잠에서 깨서, 더러는 하던 일을 멈추고 물소리에 귀를 기울였다. 어디선가 흙이 쓸려 내려오지 않을까 허공을 응시했다. 선우는 배수로 덮개 위에 놓인 실리콘 매트를 잘 덮어두었는지 자주 불안해했다.

연이어 비가 내리고 나무와 풀이 무성해졌다. 여름이 오고 있었다.

*

선우 일행이 햇볕을 쬐러 나간 날, 주호는 게리가 퇴근할 시간에 맞춰 그를 보러 갔다. 재경의 조언대로 꽃다발을 사고 미리 연락은 하지 않았다. 게리는 주호를 반기지 않았다. 선약이 있다며 주호를 두고 떠났다. 주호는 멀어지는 애인의 차를 보다가 손에 든 꽃을 담벼락에 두고 돌아섰다.

돌아오는 길에 빈 조수석이 자꾸 눈에 들어왔다. 주호는 식당 몇 곳에 들러 음식을 포장했다. 조수석에 열선 시트를 켜고 음식이 식거나 엎어지지 않도록 조심하며 매점으로 돌아왔다.

봄이 끝날 무렵, 선우 일행은 뒤늦게 주호가 음식을 사 온 이유를 들었다. 혜원이 열을 내며 이번에야말로 게리와 담판을 내야 한다고 말했다.

"근데 게리는 내가 무슨 일을 하는지 정확히 모르잖아. 그냥 엄마가 하는 매점에 붙어산다고 생각하니까 못 미더운 거지." 주호가 말했다.

"상대방 입장에선 그렇죠." 재경이 고개를 끄덕였다. "그러니까 연락이라도 미리 하고 가시지."

"그래도 제가 배 사장님이면 좀 섭섭할 것 같은데……." 선우가 말했다.

"그죠? 내 말이." 혜원이 눈을 크게 뜨고 주호를 쳐다봤다. "못 미더우면 그렇다고 하던가 왜 사람을 함부로 대하냐고요."

"함부로 대하고 자시고 우리는 왜 부른 건데." 영수가 발로 의자를 끌어당겨 재경 맞은편에 앉았다. "회장님 오시고 프라이버시가 없어. 이제 모닝콜은 포기하셨대?"

"매점에 손님이 너무 많대요." 재경이 대답했다. "제가 회장님께 도와드릴까 여쭤봤는데 꺼지라고 하시더라고요. 그래서 심심하면 언제든 부르라고 말씀드렸더니 또 하시는 말씀이 할 일 다 숙었냐고……."

"그래서," 주호가 손뼉을 치며 손을 모았다. "여러분 도움이 필요합니다."

"내가 배 사장님한테 공짜로 뭐 받는 거 아니라고 했죠?" 혜원이 그것 보라는 눈짓을 했다.

"무슨 도움이요?" 재경이 경계하는 눈빛으로 주호를 바라봤다.

"초대를 한번 해야 할 것 같아." 주호가 말했다.

"누굴?"

"게리." 주호가 얼굴을 붉혔다.

"미쳤어요?" 혜원이 묻고,

"아이, 여기 데려온다는 말은 아니겠지." 재경이 혼란스러운 표정으로 주호와 혜원을 쳐다봤다. "아니죠?"

영수가 질린다는 듯 눈을 감았다.

"내 생각엔 너네가 문제야." 영수가 주호를 제외한 나머지에게 손가락질했다. "알아서 잘 사는 사람한테 바람을 넣어가지고."

"게리를 바로 데려온다는 말이 아니라 일단 초대해서 같이 밥 먹고 슬그머니 운을 떼보려고요. 다른 사람한테는 말하면 안 된다고도 하고. 그런 다음에 분위기가 괜찮으면 여기 호텔에 대해서도 말해보고 원하면 굴도 보여주고요." 주호가 설명했다.

"그러니까 여기 데려온다는 거잖아." 영수가 황당한 표정으로 말했다.

"안 내키면 라운지에 나와서 내 소개만 해줘요. 직접 손님을 봐야 게리가 믿을 거 아니에요."

"만나서 얘기만 해주면 돼요?" 혜원이 물었다.

"아니, 회장님께 먼저 여쭤봐야죠." 재경이 말했다.

"그렇지." 주호가 천장을 바라보다 숨을 내쉬었다. "엄마가 하루만 어디 나가 계시면 좋을 텐데."

영수가 주호를 반히 쳐다봤다.

"배 사장은 그 사람이 그렇게 좋아?"

"모르겠어요. 생각하면 여기가 막 저릿한 게," 주호가 가슴에 손을 얹었다. "좀 아프기도 하고."

영수가 한숨을 쉬었다. "난 굴에 있을게. 나 같은 사람이 앉아 있으면 좋게 보이지도 않을 거고."

"당장은 좀 그렇고 적당한 날이 오면요." 주호가 수염을 긁적였다.

늦봄에도 고라니 매점은 캠핑이며 등산을 하러 오는 사람들로 붐볐다. 바쁘게 매점을 운영하고 주호에게 일을 시키는 와중에도 은희는 호텔 사람들을 잊지 않았다. 오히려 매점 손님이 많아질수록 그들을 빨리 내보내야 한다는 생각에 사로잡혔다. 굴에 남은 이들은 입맛이 까다롭지도 않고 식욕도 크게 없어 전처럼 음식으로 내보내기는 어려웠다. 그렇다면 그들의 약점은 무엇인가. 그들이 잊고 지냈으나, 혹은 그러려고 노력했으나 뿌리칠 수 없던 지상의 유혹은 무엇일까. 은희는 쉬는 시간이면 홀 한쪽에 놓인 소파에 앉아 그들을 내쫓을 방법을 구상했다.

여름을 앞두고 기가 막힌 계획이 생각났다. 매점 홀 테이블을 닦던 은희가 햇빛에 물든 왼팔과 테이블을 내려다보았다. 바닥에 드리운 그림자와 대비되는 햇살이 유독 따뜻해 보였다.

"왜 그 생각을 못했지." 은희가 중얼거렸다. 그들에게 무엇을 가져다줄지 모르겠다면 그들을 밖으로 끌어내 알아서 흔들리도록 하는 것도 방법이었다. 그들 중 일부는 낮에도 자유롭게 밖을 오갔지만, 그 사실을 모르는 은희는 그들을 데리고 나오기만 하면 모든 일이 알아서 풀리리라 생각했다. 그녀가 그들을 내보낼 구실을 마련하고 주호를 불렀다.

"여기 아래에 보증금 다 쓴 사람 있지?" 은희가 물었다.

"아니? 보증금 다 쓰면 나가야지. 그런 걱정은 할 필요 없어요."

"걱정이 아니라." 은희가 못마땅한 얼굴로 다시 물었다. "보증금 얼마 안 남은 사람은?"

"왜 그러시는데."

"다람쥐의 집 청소하는 아줌마 있잖아. 그 사람이 대타를 부탁하더라고. 손녀 발표회를 가야 하는데 하필 그날 거기서 단체 손님이 체크아웃을 하나봐."

주호는 자기가 바라던 기회가 눈앞에 있음을 알았다.

"방 두 개짜리 객실을 엄마 혼자 청소하긴 힘들죠. 일할 사람 있는지 물어볼게."

"그래라. 어려운 거 아니고, 내가 같이 가서 가르쳐준다고 해."

"두 명 정도면 될까?" 주호가 서둘러 지하실 문을 열며 물었다.

"더 많아도 되고. 많을수록 좋지!" 은희가 닫히는 문에 대고 소리쳤다.

계획은 빠르게 진행되었다. 주호가 다시 한번 회의를 소집했고 마지못해 회의에 동참한 영수는 재경와 함께 다람쥐의 집을 청소하는 한편 은희를 매점 밖에 붙잡아두기로 약속했다. 주호가 지하실에서 데이트하는 동안 매점은 혜원과 선우가 보기로 했다. 애인과 이야기를 끝낸 주호가 1층으로 올라오면 혜원과 선우는 호텔 손님으로서 본 주호의 모습을 말해주면 되었다.

영수와 재경이 은희와 함께 매점을 떠났다. 주호는 매점 오픈과 게리를 위한 요리를 준비하기 위해 1층으로 올라갔고 혜원과 선우는 지하실을 꾸미기 시작했다.

혜원은 꼼꼼하지 못하고 선우는 손이 느렸다. 혜원이 카운터에 놓인 물건을 대충 정리하면 뒤늦게 그곳을 본 선우가 먼지를 닦으며 카운터를 다시 정돈했다. 선우는 들쑥날쑥 놓인 DVD를 제목이 보이도록 가지런히 쌓았고 행주를 책꽂이 구석까지 밀어넣어 먼지를 훔쳤다. 의자 밑에 낀 머리카락을 잡아 빼고 테이블에 묻은 자국을 박박 문질렀다.

"그렇게까지 해요?" 혜원이 이해가 안 간다는 듯 선우를 바라봤다.

"이왕 하는 김에 제대로 하면 좋으니까요." 선우가 하던 일을 멈추고 지하실을 둘러봤다. "보기엔 별 차이 없긴 한데……."

"아니, 해요. 같이." 혜원이 선우의 맞은편에 자리를 잡고 그가 하는 일을 따라 했다.

"그래도 잘됐으면 좋겠다." 선우가 멋쩍게 웃었다. "우리가 다 같이 하는 두 번째 프로젝트잖아요. 세 번짼가?"

혜원이 여러 번 고개를 끄덕였다.

지하실은 그들에게 소중한 공간이었지만, 로맨틱한 장소는 아니었다. 그들은 테이블과 의자를 가릴 때 쓰던 검은 천을 한 번 털고 큰 테이블에 깔았다. 은희의 텃밭에서 딴 노랗고 흰 꽃을 소주병에 꽂아 화병도 만들었다.

텃밭과 지하실을 오가며 혜원과 선우는 데이트 장소로서 지하실의 가장 큰 문제는 애매한 조명과 희미한 악취임을 알았다. 그들의 의견을 들은 주호가 은희 방에서 줄 전구를, 자기 방에서 먼지 쌓인 섬유 탈취제를 꺼내왔다. 그들은 주호와 애인이 앉을 테이블 가장자리에 반원 형태로 줄 전구를 두르고 테이블보와 지하실 구석에 탈취제를 뿌렸다. 탈취제는 강하고 인공적인 냄새를 풍겼으며 냄새를 제거하기도 전에 재채기를 일으켰다. 그들이 입과 코를 막고 서둘러 지하실을 나갔다.

1층으로 올라가자 더듬거리는 주호의 목소리가 들렸다.

"안 해요, 오늘은. 안 한다고, 바쁘시다고요, 어머니가."

매점 문이 거칠게 닫히고 주호의 나지막한 욕설이 들려왔다.

혜원과 선우가 고개를 내밀고 홀을 살피며 조심스럽게 주방으로 향했다. 손님은 없었고 주호 혼자 웍에 담긴 돈가스를 뒤

집고 있었다.

“오늘 매점 여는 거 아니었어요? 우리가 보기로 했는데…….” 선우가 혜원에게 속삭였다.

혜원이 영문을 모르겠다는 눈짓을 하며 말했다. “저희 왔어요.”

선우가 대답 없는 주호의 등을 두드렸다. 주호의 검은 티셔츠가 땀으로 축축했다.

“어, 어.” 주호가 이마에 흐르는 땀을 닦으며 그들을 돌아보았다. “이게 생각보다 오래 걸리네요.”

주호는 떨어지는 땀 때문에 자꾸 눈을 깜박였고 말도 평소보다 더 버벅댔다. 선우가 주호에게서 한 걸음 물러섰다. 뒤돌아 그곳을 벗어나고픈 충동이 그를 사로잡았다. 누군가 다른 사람의 마음을 얻으려 발버둥 치는 모습을 보고 싶지 않았다. 그런 노력은 으레 안 좋게 끝나고 마니까.

선우가 망설이는 사이 혜원이 주호에게 다가섰다. 혜원이 나서자 일이 빠르게 진행되었다. 혜원은 주호가 돈가스를 건질 때 그릇에 채망을 포개어 건넸고 주호가 채소와 밥을 볶는 동안 달걀물을 만들었다. 요리하는 사람을 보조하는 데에 도가 튼 혜원이었지만, 그녀 또한 주호와 마찬가지로 음식을 예쁘게 담고 장식하는 솜씨는 없었다. 선우는 값싼 원형 접시에 서툴게 담긴 경양식 돈가스와 오므라이스를 보며 음식이 맛있기만을 바랐다.

게리가 오기로 한 시간이 10분 앞으로 다가왔다. 주호가 나머지 일을 혜원에게 맡기고 옷을 갈아입으러 방으로 들어갔다.

"좀 도와줘요." 혜원이 주방을 치우며 말했다. 선우는 그제야 주방 선반과 식기 건조대에서 적당한 그릇을 찾아 수프와 밥, 김치와 단무지를 담았다. 그들이 서둘러 지하실 테이블에 상을 차린 뒤 1층으로 돌아갔다.

혜원이 매점 홀에 걸린 시계를 쳐다봤다. 약속까지 5분이 남아 있었다.

주호는 약속 시간이 지난 뒤에야 방에서 나왔다. 매점 홀에 앉은 선우와 혜원이 답을 구하듯 주호를 바라보자 그가 초조하고 반짝이는 눈으로 웃어 보였다.

"어때?"

혜원이 양쪽 엄지손가락을 힘껏 들어 보였다.

"고마워." 주호가 수줍게 머리를 만지작거리며 지하실로 내려갔다.

선우와 혜원은 매점 앞문과 뒷문을 활짝 열고 주호가 보여준 사진 속 남자를 기다렸다. 부드럽고 가벼운 바람이 불었다. 매점 문을 마주 보고 앉은 선우가 숨을 골랐다. 뭘 했다고 이렇게 힘들지. 그가 눈을 비볐다. 문 너머로 보이는 주차장과 나무가 흐릿했다.

선우가 혜원을 돌아봤다. 주광색 조명 아래 앉은 혜원의 얼굴이 유독 창백해 보였다. 입술과 피부도 어딘가 아픈 사람처럼 거뭇했다. 나도 저렇게 보일까. 선우가 마른 손으로 얼굴을 닦아냈다.

혜원의 한숨이 잦아지고 시계를 올려다보는 선우의 목이 뻐근해올 때쯤 주호가 나와 애인이 늦는다는 소식을 전했다. 매점 문을 닫은 뒤 지하실로 내려간 그들은 데이트를 위해 꾸며 놓은 테이블에 앉아 주호의 전화가 울리기를 기다렸다. 선우가 접시 가장자리에 묻은 소스를 닦았다. 침묵이 이어졌다. 선우가 은희의 텃밭에서 작은 깻잎 서너 장을 따 와 돈가스와 오므라이스를 장식했다. 혜원이 게리의 휴대폰이 꺼졌는지도 모른다며 1층으로 올라갔다. 선우와 주호가 식은 요리와 된죽처럼 보이는 수프를 내려다보았다. 한 덩어리가 된 수프는 포크로 찍으면 그대로 올라올 것처럼 보였다. 은희가 돌아올 시간이 점점 가까워졌다.

"어차피 줄 전구만 놓고 먹기에는 너무 어두웠어." 주호가 말했다.

은희 씨가 곧 올 텐데. 선우가 입을 열었다가 소리 없이 다물었다. 치워야 한다는 말이 차마 나오지 않았다. 주호의 애인에게 화가 났다가 주호가 안타까웠다가 곧 당연하다는 생각이 들었다. 고작 누굴 만나겠다고 이렇게 외진 휴양림, 그 구석에 있는 산장까지 올 사람이 몇이나 되겠어. 누가 이런 곳에 틀어박힌 인간을 보고 싶어 하겠냐고. 선우가 검은 천에 일어난 보풀을 하나씩 떼어냈다.

*

고라니 매점으로 돌아가는 은희의 얼굴에 함박웃음이 번졌다. 영수와 재경에게 바깥세상을 보여줘 그들의 마음을 흔들겠다는 계획은 성공을 거둔 듯 보였다. 오늘 낮 다람쥐의 집에 도착했을 때만 해도 은희는 작전이 실패하리라 예상했다. 거실과 방에 술 냄새가 가득했고 화장실도 더러워 구경은커녕 청소부터 해야 할 판이었다. 그녀는 서둘러 창문을 열고 산장에 밴 냄새부터 뺐다. 영수와 재경에게 청소를 지시하는 동시에 바깥세상의 좋은 점을 전달하려 애썼다. 가구가 몇 개 없어 도드라지는 넓은 방, 선선한 바람이 들이부는 높은 천장, 실내 조명과 수돗물을 누리게끔 여러 일을 시켰다. 효과는 생각보다 좋았다. 영수와 재경은 청소를 끝낸 뒤에도 이런저런 핑계를 대며 다람쥐의 집에서 나가지 않으려 했다. 문명의 맛을 보왔으니 침침한 굴 따위로는 돌아가고 싶지 않겠지. 은희는 생각했다.

매점 홀에는 손님 하나 없었고 혜원이 혼자 냄비를 닦고 있었다.

"너 여기서 뭐 하냐?" 은희가 웃음을 거뒀다.

"벌써 오셨어요?" 혜원이 놀라 그녀를 돌아봤다.

은희가 부엌 찬장 밖으로 나온 각종 냄비와 밧드를 살폈다.

"치우는 김에 청소 좀 했어요."

성큼 걸어간 은희가 싱크대 하부장을 열어 안을 더듬었다.

"여기 있던 술은?"

"안 그래도 말씀드리려고 했는데요. 회장님 연세에 독주 드시면 안 좋아요."

"그걸 네가 왜 건드려?"

"간에도 안 좋고요, 암 발생 확률도 두 배 이상 뛰어요."

은희의 말소리를 들은 주호가 주방으로 올라왔다.

"오셨어요?"

"내 생전 이런 애들은 처음 본다!" 은희가 침을 튀기며 말했다. "집도 모자라서 이제 남의 물건에 손을 대."

"엄마, 왜 그래." 주호가 은희를 말렸다. 그가 빈 찬장을 내려다봤다. "혜원 씨 여기 있던 병 치웠어요?"

"아우, 안 버렸어요. 창고에 빼놓은 거예요." 혜원이 구시렁거렸다.

은희가 혜원의 안내에 따라 창고로 가 위스키 다섯 병을 챙겼다. 병이 부딪치는 소리가 주방으로 멀어졌다.

"저렇게 화내실 일이에요?" 주호와 창고에 남겨진 혜원이 속삭였다. 주호가 힘없는 말투로 그녀를 달랬다. 선우가 뒤늦게 창고로 올라왔다.

"회장님 오셨나보네요?"

혜원이 고개를 끄덕였다. 선우가 주방으로 나갔다. 재경이 은희의 지시에 따라 싱크대 아래 찬장에 위스키병을 넣고 있었다. 그들 뒤에 선 영수의 얼굴이 어딘가 달떠 보였다.

"배 사장님이 돈가스랑 오므라이스를 만들었는데요. 다 같이 먹으면 어떨까요." 선우가 크게 말한 뒤 영수에게만 들리도록 작게 덧붙였다. "사장님 애인이 안 왔어요."

영수가 눈썹을 들어올렸다가 알겠다는 눈짓을 했다. "잘됐네."

"뭔 요리를 했대?" 은희가 선우를 돌아봤다.

"예, 좀 식긴 했는데……." 선우가 대답하는데 은희가 3분의 1 정도 남은 조니워커를 꺼내 영수에게 들어 보였다.

"기분도 좋은데 같이 반주 어떤가?"

"아이, 회장님. 형님은 술 안 마셔요." 재경이 술병을 잡으며 그녀를 말렸다. "아까 방 치울 때도 힘들어했는데."

"한 잔만 하겠습니다. 어르신 말씀인데." 영수가 말했다.

선우와 재경이 놀란 눈으로 서로를 쳐다보았다.

"1년 채우신다면서요." 재경이 물었다.

"이런 날 마시려고 수련하는 거지." 영수가 사람 좋게 웃었다.

그리하여 은희까지 여섯 사람이 지하실에 앉았다. 노래를 틀고 주호가 만든 요리와 은희의 위스키를 함께 먹었다. 영수와 은희가 돈가스와 오므라이스를 안주 삼아 잔을 부딪쳤다. 그들이 위스키 두 잔을 비우는 사이 주호는 선우와 혜원에게 연애 문제를 상담했다. 주호와 혜원은 이야기를 주고받느라, 선우는 기름 냄새를 맡은 것만으로 이미 배가 불러 많이 먹지 못했다. 재경이 혼자 돈가스 한 개와 오므라이스 반 그릇을 먹었다. 이윽고 수저를 내려놓은 재경이 의자에 기대 배를 쓰다듬었다.

"밖에 나가서 한잔 더 하자." 영수가 재경의 어깨에 손을 올렸다.

영수의 말을 들은 사람은 그와 가까이 있던 재경과 은희뿐이었다. 은희는 영수의 사정을 몰랐기에 그저 자기 작전이 먹혀들었다고 생각했다. 영수와 재경이 굴을 나가면 라운지 모임도 흐지부지되고 혜원과 선우는 물론, 굴에서 잘 나오지 않는 다른 네 사람까지 쉽게 내보낼 수 있을 것 같았다.

재경은 여러 번 영수를 거절했으나 영수는 강산역 근처 맛집을 이야기하며 집요하게 그를 설득했다.

"그 집이 3대 짜장으로 유명한 데야. 전국에서 사람들이 와서 줄을 선다니까. 근데 정말 유명한 메뉴는 따로 있는데 그 집

가지 튀김이, 하." 영수가 이마에 손을 얹고 고개를 끄덕였다.

"거기에 배갈 한 잔 마시면," 은희가 말을 거들었다. "끝이지, 끝이야."

"그래요?"

"그럼." 은희가 확신에 찬 눈으로 말했다.

"형님 진짜 괜찮아요?" 재경이 영수를 가볍게 치며 물었다.

"재경아. 안 괜찮을 게 뭐가 있어. 오늘 우리가 오랜만에 두 손으로 돈을 벌었잖냐. 너는 모르겠지만, 형은 이게 진짜 값진 돈이거든. 이 돈으로 나이를 떠나 친구가 된 너와 진하게 한잔하고 싶다."

형이라니. 재경의 노력이 그제야 빛을 발하는 듯했다. 자신을 바라보는 영수와 은희 사이에서 재경은 그토록 원하던 관심을 받아낸 아이가 된 기분이 들었다. 쑥스럽기도 하고 주체할 수 없이 웃음이 나왔다. 재경이 영수와 함께 라운지를 나섰다.

만족스러운 미소로 지하실을 둘러보던 은희는 그제야 주호와 남은 두 사람이 나누는 대화에 귀를 기울였다. 주호와 혜원이 열띤 어조로 말다툼을 벌이는 중이었고 눈만 동그랗게 뜬 선우가 그들을 번갈아 바라보고 있었다.

"내가 더 보고 싶고, 더 만나고 싶어 하는데 어떡해."

"그래도 너무 자기 멋대로잖아요. 배 사장님이 찾아갔을 때는 화내더니 막상 자기가 약속 취소할 때는 그냥 안 오면 끝이에요? 약속 시간이 40분이나 지났는데 달랑 메시지 하나 보내고. 이게 연애냐고요."

"누가," 주호가 잔에 남은 물을 홀짝 들이마셨다. "좋다고 하겠냐, 나를."

은희가 주호를 바라봤다. 직장을 구해 타지로 떠났던 주호가 서른아홉에 휴양림으로 돌아왔을 때 그녀는 잠든 아들을 자주 내려다봤다. 걱정스럽고 안쓰러웠지만, 한편으로는 마음이 놓였다. 차라리 그녀 손이 닿는 곳에서 안전하고 따뜻하게 하루하루를 보냈으면 싶었다. 뭐 하나 뛰어나지는 못하지만, 크게 엇나가지 않고 잘 자라준 아들. 그녀는 남은 평생 주호를 품어야겠다고 생각했다. 어느 날 그녀가 갑자기 세상을 떠나더라도 주호 혼자 살아갈 수 있는 돈과 재산을 마련해두어야 했다. 환갑이 되어가던 그때, 그녀는 일순간 젊은 시절로 되돌아갔다. 어린 주호를 데리고 시가를 나서던 날로. 호된 시집살이에도 그녀 자신 몫으로 빼놓은 혼수와 품삯이 있었다. 남편 아이를 돌보고, 주호를 낳고, 남편의 죽음을 겪는 동안에도 필사적으로 쥐고 있던 그 돈을 들고 나온 그날, 은희는 결심했다. 자기 손가락을 감아쥐는 이 아이만은 지켜야 한다고. 그녀는 멀리 모르는 곳을 향해 기차와 버스와 다른 사람의 차를 얻어 탔고 전 재산을 들여 적강산 중턱에 있는 허름한 산장을 샀다. 전기도 들어오지 않고 시멘트 바닥에 간이 주방만 있던 산장을 조금씩 사람이 살 만한 공간으로 꾸려나갔다.

이곳이 주호를 지켜주리라. 은희는 믿었고 한 번도 의심하지 않았다. 그녀가 아들과 함께 가꾸어온 공간이자 어떤 모습으로 있어도 괜찮은 공간, 주호에게도 고라니 매점이 그런 곳이리라 여겼다.

"아, 그래서 만나요?" 혜원이 말했다. "사장님이 영 별로라서 그렇게 막 대하는 사람이랑 사귀는 거예요?"

은희가 열을 내는 혜원을 쳐다봤다.

"지금 우리는 여기가 집이에요. 나한테는, 여기 있는 사람들한테는 사장님이 되게 중요하다고요. 세상 모두한테 그럴 순 없죠, 그럴 필요도 없고. 근데 우리한테는 그렇다고요. 우리가 어디서 뭘 하든, 나는 우리가 서로한테 그런 존재로 남으면 좋겠어요. 내가 보잘것없다고 느껴질 때 그렇지 않다는 걸 증명하는 기억으로."

혜원의 말에 힘껏 고개를 끄덕이던 선우가 시선을 느끼고 은희를 돌아봤다.

뭐? 은희가 입 모양으로 물었다.

"아니요. 그냥." 선우의 말에 주호와 혜원이 뒤늦게 은희를 바라봤다.

"부족하냐?" 은희가 고개를 숙이고 빈 그릇을 가리켰다.

주호와 혜원이 어리둥절한 얼굴로 고개를 젓자 은희가 그릇 몇 개를 들고 자리에서 일어났다.

*

은희가 지하실을 나가자 남은 세 사람도 상을 치우기 시작했다. 선우와 주호, 혜원이 지하실과 1층을 오가며 그릇과 잔을 정리했다. 어느샌가 내리기 시작한 빗줄기가 점점 굵어졌다. 혜원이 매점 뒷문을 열고 하늘을 올려다봤다.

"갑자기 왜 이렇게 비가 쏟아진대?"

"소나기네." 은희가 혜원의 어깨 너머로 밖을 바라봤다.

"이렇게 많이 오는데요?"

"곧 그칠 거야." 은희가 창고 선반에서 그릇용 행주를 꺼내 주방으로 돌아갔다. 행주를 건네받은 선우가 그릇에 남은 물기를 닦았다. 은희가 주방을 지나 매점 홀로 나갔다.

은희의 기척을 느낀 주호가 매출 정산을 끝낸 장부에 괜스레 몇 자를 더 적었다.

"손님 좀 있었지?" 은희가 물었다.

"글쎄, 별로 안 왔네요. 비 소식이 있어서 그랬나……." 주호가 말끝을 흐렸다. "근데 비가 이렇게 퍼부어서 영수 형님이랑 재경 씨는 어떻게 돌아오려나, 걱정이네요."

"자고 오시는 거 아닐까요?" 주호의 곤란한 표정을 읽은 선우가 끼어들었다.

은희가 빙긋 웃었다.

"밖이 좋으면 영 안 올 수도 있지."

"아이, 엄마는. 저번에 얘기 안 들으셨어? 재경 씨는 코인이 올라야 하고 영수 형님은 1년 동안 금주 성공해야 나간다고 했잖아요. 이렇게 흐지부지 나갈 사람들이 아니에요."

"금주? 금주를 왜 해?" 은희가 물었다.

"왜기는 알코올의존증이니까. 근데 아까 형님 술 마시지 않았어? 이제 마셔도 된대?"

"그런 거 같던데요? 취하지도 않으셨던데." 선우가 대답했다.

은희가 눈을 깜박였다.

"선우 씨," 혜원이 주방으로 나왔다. "계단 꼭대기에 있는 배수로 덮개 쓰고 매트 씌웠어요? 잘못하면 비 샐 텐데."

"한 번 더 확인해볼게요." 선우가 그릇을 놓고 돌아섰다.

혜원이 창고에 들어가려는 선우를 막아섰다. 배수로 덮개 사이로 비가 새는 일도 문제였지만, 그보다 빈 굴 수십 개와 잘려나간 나무뿌리에 대해 이야기하고 싶었다. 함께 굴을 파던 날 선우가 했던 질문, 호텔이 무너질지도 모른다는 걱정이 어쩌면 마땅하다는 생각이 들었다. 혜원이 선우와 주호, 의도치 않게 같은 운명으로 얽혀버린 은희를 마주하고 입을 열었다. 괜찮지 않다고, 문제가 생길지 모른다고 말해야 했다.

"회장님!" 재경의 목소리가 들리고 벌컥 매점 문이 열렸다.

"어우, 깜짝이야. 왜 이렇게 젖었어요?" 주호가 흠뻑 젖은 재경을 부축해 홀로 들였다. 재경의 몸에서 흘러내린 빗물이 바닥에 고였다.

"저기 좀 도와주세요." 재경이 매점 마당에 놓인 일체형 야외 테이블을 가리켰다.

그들이 기다란 의자에 벌러덩 누운 영수, 주차장을 나가는 택시를 바라봤다.

"왜 저래?" 은희가 물었고 주호가 뛰쳐나가 영수를 데리고 들어왔다.

"하, 말도 마세요. 저 진짜 죽을 뻔했잖아요. 중국집에서 깽판 쳐가지고 경찰 부른다는 걸 빌어서 겨우 나왔어요. 술을 그렇게 마시는 사람은 또 처음 봤네."

선우와 주호가 영수를 방으로 데려갔다. 젖은 옷을 갈아입히고 이부자리에 눕혔다.

홀에 남은 재경은 수건으로 빗물을 닦은 뒤 은희가 틀어준 난로에 몸을 말렸다.

"그렇게까지 춥진 않은데요." 재경이 축축해진 수건을 어깨에 걸치며 말했다.

“흰소리 말고 말려. 감기 걸려서 소란 피우지 말고.”

“옙.” 재경이 존경의 마음을 담아 은희를 바라봤다.

“애.” 은희가 심란한 얼굴로 혜원을 불렀다. “나 좀 도와줘라.”

혜원이 은희와 함께 주방 찬장에 남은 위스키, 냉장고에 든 소주와 맥주, 창고의 술 박스를 꺼냈다. 매점의 온갖 술을 모아 텃밭 한쪽에 놓인 작은 집 모양 창고로 날랐다. 술이 가득 쌓인 창고를 보는 혜원의 눈빛이 흔들렸다.

“꼭 여기 두셔야 해요?” 혜원이 물었다.

은희가 집 모양 창고의 자그마한 문을 닫고 자물쇠를 잠갔다.

“진작 네 말대로 할걸 그랬다.” 은희가 말했다. “취한 애 깨면 술 못 마시게 하고 마셔도 된다고 해도 믿지 마.”

그들이 손으로 비를 막으며 매점으로 돌아갔다.

“그나마 네가 제일 똑똑이 같아서 하는 소리야.” 은희가 몸에 묻은 비를 털어내며 말했다. 혜원이 은희의 눈을 피하며 웃었다.

주방으로 돌아간 은희는 남은 그릇과 난로를 정리하고 자기 방에 들어갔다. 뒤늦게 영수를 눕히고 나온 주호와 선우가 창고에 선 혜원을 놀란 눈으로 바라봤다.

“왜 이렇게 젖었어?” 주호의 물음에 혜원이 할 말이 많은 표정으로 고개를 저었다.

매점 홀에 남아 있던 재경이 주호의 목소리를 듣고 창고로 건너왔다. 재경이 수건으로 머리를 털 때마다 머리카락에 맺힌 물이 방울져 튀었다.

"할 말이 있는데요." 재경이 말했다.

"그러니까 왜 영수 형님이랑 술을 먹어요." 주호가 말했다.

"술 말고, 다들 알아야 할 얘기가 있어요." 재경이 웃음기 없이 말했다. "일단 지하실로 가시죠."

그들이 땅속으로 내려가 문을 닫았다. 혜원이 안쪽 테이블 밑에 벗어둔 가방을 집어들었다. 가방끈에 매달린 헤드랜턴이 좌우로 흔들렸다. 선우가 혜원에게 다가가려는데 재경이 선우를 잡아 곁에 세웠다. 카운터에 들어간 주호가 그들을 돌아봤다.

"술 마시면서 영수 형님 얘길 좀 들었어요." 재경이 입을 열었다. "3년 전에 처음 들어왔다면서요. 초반엔 술 마시느라 들락날락하다가 재작년에 겨우 술 끊고 굴 파기에 매달렸다고 하던데, 잡생각 없이 자고 싶어서."

혜원이 고개를 들었다.

"근데 금주한 지 몇 달 만에 무슨 일이 있었대요. 종일 굴을 파도 잠이 안 오더래. 눈을 감으면 죽은 사람이 보이고 그러다 눈을 떠도 보일 정도가 돼서 술을 안 마시면 미칠 것 같더래요. 그래서 밤마다 사람들이 남긴 술 찾아서 휴양림을 돌아다니고, 결국에는 강산역에서 몇 페트씩 술을 사 와 마셨다면서요.

산송장 같아질 때까지."

카사블랑카 포스터 아래 쌓아둔 DVD 케이스가 요란한 소리를 내며 무너졌다. 혜원이 놀란 눈으로 그들을 바라봤다. 그녀가 황급히 DVD 케이스를 주워 들었다.

"형님이 왜 그랬는지 혜원 씨는 알죠?"

재경이 말했다.

"재작년이면 혜원 씨가 여기 온 해잖아요."

"아이고 재경 씨 술 많이 마셨네. 갑자기 혜원 씨는 왜요, 영수 형님 얘기하다가." 주호가 말했다.

"혜원 씨 친구, 진짜 자살 시도였어요? 여자였던 건 맞아요?" 재경이 물었다.

"자살이라니 무슨 소리야." 주호가 혜원을 돌아봤다.

"죄송해요. 제가 말했어요." 혜원이 말했다. "인아 손목시계가 남아 있었더라고요, 그 굴에."

"사장님도 한패예요?" 재경이 주호를 쳐다봤다. "내가 싸한 게 영수 형님이 술 취해서 깽판 치는 와중에도 나만 보면 미안하대. 꼭 죽은 사람 보는 것처럼. 계속 그러니까 나도 그런 생각이 드는 거예요. 이 사람들이 누굴 죽였나?"

주호가 수염을 몇 가닥을 잡아당기다가 눈을 질끈 감았다.

"오해가 있는 것 같은데……." 선우가 말하며 혜원을 바라봤다.

모두가 말을 멈추고 혜원의 대답을 기다렸다. 그녀가 손에 들린 가방을 메고 쓰러진 DVD 케이스를 정리했다. 일렬로 쌓은 DVD 꼭대기에 마지막 케이스를 놓고 열을 맞췄다.

"이게 자초지종을 들으면 재경 씨도 이해할 텐데," 주호가 말했다. "인아라고, 혜원 씨 친구가 안 좋은 일을 당했어요. 다 내 잘못이야. 애초에 내가 그런 사람을 들이질 말았어야 했고 그때도 바로 신고했어야 했는데 내가……."

"사장님은 잘못 없어요." 혜원이 말했다.

선우가 붉은 포스터 앞에 선 혜원을 바라봤다.

"저 혼자 한 일이에요. 제가 죽였어요."

혜원이 말을 시작했다.

*

혜원과 인아는 소방공무원 스터디에서 처음 만났다. 처한 상황이 비슷해 금세 가까워졌다. 두 사람 모두 가족의 응원이나 경제적 지원을 기대하기 어려웠고 아르바이트와 시험 준비를 함께하느라 공부에 쓸 돈과 시간이 부족했다. 시험에 집중하고픈 생각이 절실하던 어느 날 인아가 트위터에 떠도는 이야기를 전했다. 고시원보다 월세가 적은 산장이 있다고 했다. 공부하기 좋은 라운지와 야외 헬스장도 있다니 몇 개월 머물며 시험을 바짝 준비하기에 좋아 보였다. 그들은 서로를 믿고 고라니 매점으로 향했다. 혼자라면 위험해도 둘이 함께라면 안전하리라 생각했다.

처음에는 3개월만 머물 계획이었다. 혜원과 인아는 굴 하나를 만들어 함께 생활했다. 낯설고 힘들었지만, 하루 대부분을 밖에서 보냈기에 견딜 만했다. 라운지가 여는 동안에는 라운지에서 필기시험 과목을 공부했고 그 전후 어슴푸레한 시간에는 산길을 돌며 실기시험을 준비했다. 매일 라운지에 나가니 하나둘 익숙한 얼굴이 생겼다. 영수도 그중 하나였지만, 라운지에 머무는 시간도 짧고 말수도 적어 제대로 대화를 나누지는 못했다. 그저 미친 듯이 굴만 파는 사람이라는 소문을 들었다. 혜원과 인아처럼 계속 라운지에 머무는 사람도 있었다. 그런 사람들과는 인사를 주고받다가 조금씩 말을 섞게 됐다.

체구가 작고 마른 남자는 서글서글하고 평판이 좋은 사람이었다. 사소하지만 도움이 되는 정보를 알려주었고 도움을 준 뒤에는 치근덕대거나 다른 불쾌한 행동 없이 제자리로 돌아갔다.

호텔에 들어온 지 한 달이 지났을 때 혜원과 인아의 굴이 무너졌다. 라운지로 나가 앞으로의 일을 의논하는 그들에게 남자가 다가왔다. 그들을 도와주겠다고 했다. 지친 그들은 여차하면 나갈 생각으로 남자의 도움을 받았다. 굴은 조금 좁아진 대신 한층 단단해졌고 걱정했던 일도 일어나지 않았다. 혜원은 마음을 놓았다. 잠이 오지 않는 날이면 인아를 두고 나와 터널을 서성이기도 했다. 사람 흔적이 없는 빈 굴을 찾아, 못다 한 공부를 하면서 인아가 일어나길 기다렸다.

몇 주 뒤 인아가 혜원을 붙잡았다. 혜원이 굴을 비운 사이 그 사람이 찾아왔다고 했다. 혜원은 라운지로 나갔다. 남자가 도

망치기 전에 그를 잡아야 했다. 걱정이 무색하게 남자는 버젓이 라운지에 앉아 있었다. 아무 일도 없던 것처럼 혜원에게 인사를 건넸다. 인아는 그날부터 굴에서 나가지 않았다. 며칠 인아와 굴에서 시간을 보내던 혜원은 결국 남자를 산으로 불러냈다. 남자는 그들이 밤 산책이라도 제안한 듯 웃는 얼굴로 그들에게 손을 흔들었다. 좀처럼 입을 떼지 못하는 인아를 대신해 혜원이 그녀 앞으로 나섰다. 처음에는 못 알아듣는 척 말을 돌리던 남자는 이내 화를 냈다. 적당히 즐기면 될 일 아니냐, 네가 먼저 꼬리 치지 않았냐, 남자의 말은 점점 거칠어졌다. 너도 원했잖아, 거기가 근질근질했잖아.

처음에 혜원은 두려움을 느꼈다. 빛 하나 없는 숲속에서 그가 무슨 짓을 할지 몰라 무서웠다. 남자의 얘기를 듣는 동안 혜원은 몸 안의 뭔가가 뒤틀리는 것을 느꼈다. 벌벌 떠는 인아를 돌아보며 어떻게든 그의 말을 멈춰야 한다고 생각했다. 윗길에 서 있던 남자가 그들을 꺾어 누를 듯한 얼굴로 다가왔다. 그래서 너네가 뭘 할 수 있는데, 경찰이라도 부를 거야, 이런 데 사는 년이 당했다고 한들 누가 믿겠어.

남자가 가까워졌을 때 인아가 옷에서 망치를 꺼내고는 혜원을 밀치고 돌진했다. 남자의 머리를 겨누고 손을 힘껏 휘둘렀다. 망치가 남자의 어깨에 빗맞고 떨어졌다. 남자가 짧은 신음을 뱉더니 인아의 손목을 잡았다. 인아가 잡히지 않은 손으로 남자를 밀치고 할퀴었다. 남자가 인아의 뺨을 후려갈겼다.

혜원이 남자에게 달려들었다. 인아를 구해야 했다. 무작정 남자의 허리를 감싸안고 밀었다. 인아를 놓치고 뒤로 밀려난 남자가 혜원의 후드집업을 잡아올렸다. 혜원의 몸이 조금씩 들렸고 발이 산길 가장자리에 놓였다. 혜원의 운동화가 비탈로 미끄러졌다. 혜원이 비탈을 돌아보는 사이 남자가 그녀의 머리채를 잡았다. 혜원이 고개를 옆으로 숙인 채 발버둥쳤다. 남자의 손을 밀어내다가 비탈을 향해 몸을 돌렸다. 이번에는 남자의 몸이 비탈로 기울었다. 남자는 넘어지지 않으려 발을 뒤로 뻗었지만, 비탈에 놓인 발이 미끄러지는 바람에 그대로 나동그라졌다. 남자에게 잡힌 혜원도 뒤이어 쓰러졌고 두 사람은 균형을 잃고 비탈을 구르기 시작했다.

혜원과 남자는 나무에 걸리고 다시 미끄러지며 산 아래로 굴러떨어졌다. 순식간에 몇 미터 아래로 떨어진 혜원이 눈을 감은 채 숨을 골랐다. 가슴에 통증이 있었고 머리가 조금 어지러웠다. 손끝이 타는 듯 뜨겁고 축축했다. 피다. 혜원은 생각했다. 그녀의 몸에서 나와 고인 피가 손끝을 적신 것 같았다. 그녀가 천천히 눈을 뜨고 몸을 일으켰다. 예상과 다르게 크게 다친 곳은 없었다. 손도 허리도 골반도 별다른 통증 없이 움직일 수 있었다.

혜원이 눈앞의 나무와 그 아래 놓인 어둠을 응시했다. 어둠 속에서 끊임없이, 많은 양의 피가 나왔다. 남자의 얼굴과 이목구비가 조금씩 눈에 들어왔다. 귀와 코에서 솟구친 피가 머리 아래 고이다 비탈을 따라 흘러내렸다. 혜원이 질겁하며 뒤로 물러섰다. 비탈 위에서 그녀를 찾는 인아의 목소리가 작게 들려왔다.

나 여기 있어. 혜원이 말했다. 나 올려줘.

인아가 뭐라고 물었다.

모르겠어. 혜원이 대답하며 손을 뻗었다. 멀리 인아의 손이 보였으나 팔을 뻗어도 닿지 않았다. 혜원은 그저 그곳을 벗어나고 싶었다. 머릿속에 드는 생각이라고는 그것뿐이었다. 빨리 올라가 여기를 떠나야 한다. 혜원이 네 발로 땅을 짚고 허겁지겁 비탈을 올랐다.

두 사람은 말없이 굴로 돌아갔다. 서로 눈을 피하고 앉아 시간을 흘려보냈다. 인아의 웅크린 등, 팔다리를 벅벅 긁는 손, 일그러진 얼굴, 그리고 질문, 이어지는 질문. 그 사람은 어떻게 됐어? 네가 올라올 때 널 잡으려고 하진 않았어?

혜원은 피를 흘리던 남자를 생각했다. 사람 형상을 하고 파르르 떠는, 몸. 남자의 가느다란 숨소리가 굴을 채웠다.

혜원이 인아에게 상황을 설명했다. 인아가 완전히 이해하도록 여러 번 반복해서 이야기해야 했다. 그들은 빠르게 움직이기 위해 갈라섰다. 남자가 있는 장소를 아는 혜원이 산으로 돌아가고 인아가 라운지에 맡긴 휴대폰을 찾아 구급대를 부르기로 했다.

굴에서 기어 나온 혜원이 산길을 달렸다. 분명 길을 안다고 생각했는데 눈에 익은 길을 여러 번 오가도 남자를 두고 온 곳이 어디였는지 기억나지 않았다. 바닥을 샅샅이 살피며 걷다 인아의 망치를 발견했다. 망치가 놓인 길 아래로 미끄러져 내려갔다. 나무를 잡고 걸음을 옮기는데 피와 젖은 흙냄새가 훅 끼쳤다. 헤드랜턴을 끄고 남자에게 다가갔다. 그를 부르고 어깨를 두드렸다. 남자의 몸은 차갑고 뻣뻣했다. 남자의 코에 귀를 갖다대고 가슴을 살폈다. 짧은 시간 동안, 혜원은 헤드랜턴을 끄길 잘했다고 생각했다. 죽은 사람의 얼굴을 마주할 자신이 없었다.

사람들이 급히 걸어오는 소리가 들렸다. 혜원이 몸을 낮추고 숨을 죽였다.

여기야? 영수가 묻고 뒤이어 주호가 탄식했다. 망치로 쳤어요?

혜원이 몸을 일으켜 길에 선 사람들을 올려다봤다. 인아를 따라오는 영수와 주호가 보였다. 인아가 산길에 쭈그려 앉아 혜원을 내려다봤다.

라운지에 도착한 인아는 구급대를 부르지 않았다. 휴대폰을 꺼내려는 이유를 듣고 주호가 그녀를 말렸다. 어쩌면 멀쩡히 일어났을지 모른다고, 괜히 신고했다가 상황이 더 안 좋아질 수 있다고.

인아야. 혜원이 나지막이 말했다. 어떡하지.

네 사람이 비탈에 누운 남자를 바라봤다.

해가 뜨겠는데. 영수가 말했다.

고개를 젖힌 혜원이 마치 처음 보는 사람처럼 인아와 다른 두 사람을 응시했다. 한층 선명해진 하늘이 보였다. 고개 숙인 인아가 흐느끼기 시작했다. 끝이다. 혜원은 생각했다. 그녀는 사람을 밀어 비탈에서 떨어트렸고 피가 흐르는 그를 방치했다. 공무원 임용은 물론이고 앞으로의 모든 활동에 그 사실이 따라붙을 터였다.

주호가 긴 한숨을 뱉었다.

이거 알려지면 여기 다 뒤집힐 텐데, 매점도 얽힐 거고…….

혜원이 어둠 속에 누운 해뜩한 얼굴을 바라봤다. 핏기가 사라진 남자의 손과 얼굴.

그럼 모르게 해요. 그녀가 입을 열었다. 호텔에 빈 굴 많잖아요.

미쳤어? 영수가 말했다. 지금 사람이 죽었어.

아저씨 여기 나가면 갈 데 있어요? 혜원이 물었다. 이대로 해 뜨면 호텔에 있는 사람들 다 쫓겨나요. 자수하더라도…… 당장 피해 볼 사람이 너무 많아요.

그래도 이건 아니지. 막말로 묻었다가 누가 저 사람을 찾아오기라도 하면? 뒤늦게 밝혀지면 더 큰일 나는 거 몰라?

찾아올 사람 없을 거예요. 주호가 말했다. 가족도 친구도 없다고 했어요.

침묵이 이어졌다.

어디 빈 굴 없을까요? 혜원이 영수에게 물었다.

굴에는 못 묻어. 거기 묻으면 우리 다 숨도 못 쉬어.

있어요, 묻을 곳. 주호가 말했다. 굴에서 떨어져 있고 웬만하면 파지도 않을 장소.

네 사람은 주호가 말한 곳에 시체를 묻었다. 산책로와 비탈을 비춰가며 피 묻은 흙을 푸고 주변의 낙엽을 흐트러트렸다. 인아는 그로부터 몇 주 뒤 자살을 시도했다.

병원에서 돌아온 혜원은 인아와 함께 쓰던 굴에서 피 냄새를 맡았다. 몇 번이고 흙을 파내도 냄새는 사라지지 않았다.

혜원은 새 굴을 만들어 그곳을 떠났다.

*

이야기를 끝낸 혜원이 맞은편에 선 세 사람을 바라봤다. 카운터에 선 주호는 두 손으로 얼굴을 가렸고 재경은 자신이 보고 들은 일을 돌이키며 상황을 파악하는 중이었다. 퍼붓는 비가 매점 지붕과 외벽을 두드렸다. 선우가 혼란스러운 얼굴로 그들을 바라보다 입을 열었다.

"진짜예요?"

"잘못한 거 알아요. 나중에 자수도 할 거예요." 혜원이 선우에게 다가섰다.

"그게 말이 돼요?" 선우가 물었다.

주호가 입을 벌렸다가 소리 없이 닫았다.

"진작 말해주지. 그럼 이렇게까지 안 물어봤을 텐데." 재경이 변명하듯 말했다. "손목시계도 그렇고 자꾸 이상하게 행동

하니까 사람이 캐묻게 되잖아요."

"알아서 좋을 게 없잖아요. 당장 방법이 있는 것도 아니고." 혜원이 대답했다.

"어떻게, 왜 이렇게 멀쩡해요? 사람이 죽었는데?" 선우가 물었다.

"안 멀쩡해요." 혜원이 가방끈에 맨 헤드랜턴을 만지작거렸다. "그냥 뭐라도 하는 거예요, 습관적으로. 사람 죽였다고 눈만 뜨고 있을 수는 없잖아요."

"지금 그걸……." 선우가 믿을 수 없다는 표정으로 혜원을 바라봤다. 다른 두 사람을 돌아봤지만, 재경과 주호 모두 입을 다물고 서 있을 뿐이었다. 선우가 그들 틈에서 나와 책꽂이 문으로 걸어갔다.

"다 변명인 건 알죠?" 선우가 물었다.

아무도 대답하지 않았다.

선우가 라운지에서 나와 계단을 내려갔다. 헤드랜턴을 꺼내 거칠게 눌러썼다. 라운지 문이 닫히기 직전, 혜원이 문을 잡고 그를 따라 나왔다.

"저 진짜 자수할 거예요. 사장님이랑 영수 아저씨한테도 피해 안 가게 할 거고요. 여기 계신 분들 다 나가면 그때 신고할 거니까, 선우 씨도 걱정할 필요 없어요."

"여긴 멀쩡한 사람이 없네요." 선우가 말했다. "인생 망한 사람만 모인 곳이네."

"왜 그렇게 얘기해요. 나만 망했지, 다 잘 지내다 나가기로 했잖아요." 혜원의 목소리가 떨렸다.

"잘 지내다 나가요?" 선우가 어처구니없다는 듯 웃었다. "알코올중독에, 살인에, 부모 돈으로 불법 영업하고 코인하고, 그게 되겠어요?"

선우가 계단에 뒤엉킨 빛과 그 위에 선 혜원을 돌아봤다.

"잘될 거라는 말…… 난 믿은 적 없어요. 여기까지 와서 숨어 사는 인생인데, 뻔하잖아요."

터널로 들어가는 선우의 발소리가 벽과 천장에 부딪쳐 되울려 왔다. 흙냄새, 비 냄새, 고인 물에서 나는 비릿한 냄새가 터널에 가득했다. 굴에 도착한 선우가 침낭으로 들어가 지퍼를 머리끝까지 올렸다. 그에게서 나온 숨이 그의 코로 들어갔다. 주눅든 주호의 얼굴, 몸을 가누지 못하던 영수, 넘어진 DVD 케이스를 치우던 혜원이 자꾸 떠올랐다. 무엇보다도 바삐 움직이던 혜원의 손이 그를 괴롭혔다. 누군가를 죽인 사람에게 DVD 케이스를 치우는 일이 무슨 의미가 있는가. 이미 망한 인생에서, 고작 정리하는 일 따위가.

그날부터 선우는 라운지에 나가지 않았다. 끼니를 다시 '해결사'로 때우려니 고역이었지만, 금방 괜찮아졌다. 종일 침낭에 누워 베개를 그러안고 얕은 잠을 잤다. 아무도 없는 사막의 저택을 원하는 대로 바꿔가며 안전하고 아늑한 장소로 꾸몄다.

종종 재경이 굴에 찾아왔다. 재경은 재작년 사건보다 모임을 함께하던 이들이 흩어졌다는 사실에 더 속상해했다.

"혜원 씨도 선우 씨도 상황을 있는 그대로 안 보잖아요. 진짜 일어난 일은 이거죠. 배 사장님 애인이 안 왔고, 영수 형님이 술을 마셨고, 혜원 씨가 사람을 방치해서 죽게 했다. 그뿐이에요."

"내 말이 그 말이잖아요." 선우가 대답했다.

"아니, 선우 씨는 그 뒤에 뭐가 더 있잖아요."

"무슨 말을 하고 싶은 거예요." 선우가 옆으로 돌아누워 얼굴을 가렸다.

"라운지 좀 나와요. 나 말고는 이제 아무도 안 나와. 요즘엔 회장님이 1층으로 불러서 일도 시키시거든요? 묵밥 만드는 법도 알려주시기로 했어요. 내가 잘 말씀드려서 선우 씨도 1층 올라가게 해줄게요."

"가끔 재경 씨는 너무 배려가 없어요."

"그런 말 자주 들어요."

선우가 텐트 문을 닫았다. 헤드랜턴 빛이 꺼지고 재경이 굴을 나가는 소리가 들렸다.

*

고라니 매점 주방에 도맛소리가 울렸다. 재경이 잘게 썬 묵은지를 설탕과 들기름에 버무렸다. 짭조름하고 고소한 냄새가 매점에 퍼졌다. 재경이 입에 고인 침을 삼켰다.

"그다음에 도토리묵을 얇게 썰어." 매점 카운터에 기대 선 은희가 말했다.

"잠깐만요." 재경이 김칫국물이 묻은 손을 닦고 도토리묵의 포장을 벗겼다.

은희가 콧등을 긁으며 하품했다.

"손님이 없으려니까 내가 별걸 다 한다."

"도토리묵 하니까 말인데요, 묵 한 모에 다람쥐가 한 달 먹을 도토리가 들어간대요."

"그래서?"

"도토리를 얼마나 모으냐에 따라서 개네 겨울 생존율이 달라지거든요. 다람쥐만이 아니고 도토리가 겨울 식량인 동물이 많아요. 아, 멧돼지도 도토리 먹는 거 아세요? 도토리가 원래 돼지가 먹는 밤이라는 뜻이래요."

"아이고," 은희가 심드렁하게 대답했다. "도토리묵 먹지 말아야겠네, 그럼."

"먹지 마시라고 한 얘긴 아니고, 언제 저랑 하늘다람쥐나 한번 보러 가시죠. 회장님이랑 나가면 눈치 볼 일도 없을 텐데."

"내가 노냐? 이게 아주 손님 오지 말라고 고사를 지내네."

은희의 타박에 재경이 흐흐 웃고 길게 썬 묵을 반찬 그릇에 담았다.

"너는 참 애가 단순하고 해맑아서 좋다." 은희가 말했다.

"역시 회장님이 내 진가를 아시네. 눈치 없다고 구박하는 사람도 있거든요."

"눈치 없지." 은희가 소리 내 웃었다. "할 말, 못할 말 구분 못하고 생각나는 대로 말하니까."

재경이 눈을 끔벅였다. "그럼 뭐 어떻게 말해요?"

"그걸 왜 나한테 물어."

재경이 시무룩한 얼굴로 도마와 조리대를 닦았다.

"왜 또 기가 죽어? 날 때부터 완벽한 사람 없어. 다 노력하는 거지." 은희가 말을 멈추고 조금씩 가까워지는 차 소리에 귀 기울였다. 자동차 바퀴가 자갈에 구르는 소리가 들리고 엔진 소리가 멎었다.

"손님 왔다." 은희가 재경에게 손짓하자 재경이 서둘러 창고로 몸을 숨겼다.

"어서 오세요." 은희가 웃는 얼굴로 손님을 돌아봤다. 경찰 두 사람이 그녀에게 인사를 건넸다. 은희는 대번에 영수가 술에 취해 돌아온 날을 떠올렸다. 그날 재경은 영수가 부린 술주정으로 신고를 당할 뻔했다고 말했다. 일이 커졌나보네, 한데 영수가 우리 집에 있는지는 어떻게 알았을까, 택시 기사가 얘기했나보구나, 은희의 머릿속에 생각이 꼬리를 물고 이어졌다. 그녀는 경찰이 말하는 이름과 인상착의를 흘려들으며 생각했다. 무조건 모른다고 해야 하나, 아니, 일단 기억이 안 난다고 하고…….

경찰이 은희에게 사진을 내밀었다. 그녀가 사진 속 남자를 내려다봤다. 정선우, 경찰이 남자의 이름을 다시 한번 말했다.

"어머." 은희가 놀라 내뱉고는 급히 할 말을 생각했다. "어디서 본 것도 같은데 무슨 일이래요?"

얌전한 고양이가 부뚜막을 깨부순다더니, 은희가 생각했다. 선우 애도 뭐가 있나보다.

"실종 신고가 들어왔는데요, 휴대폰 신호가 이 근처에서 마지막으로 잡혀서 말입니다. 여기 왔었나요?"

"글쎄요. 우리 아들한테 물어봐야겠는데……. 잠깐만요." 은희가 목소리 톤을 유지하려고 애쓰며 창고로 걸어갔다. 다행히 경찰은 홀에 서서 기다릴 생각인 것 같았다.

"뭔데요?" 창고에 숨어 있던 재경이 속삭였다.

은희가 재경에게 조용히 하라는 신호를 보내고 지하실 문을 열었다. 재경이 지하실 계단을 내려갔다. 문 열리는 소리에 선잠에서 깬 주호가 그들을 올려다봤다.

"선우, 정선우. 실종 신고 됐다고 경찰이 왔어. 빨리 내보내." 은희가 다급히 말하고 지하실 문을 닫았다.

"아유, 얘는 해가 중천인데 자고 있네." 은희가 큰소리를 내며 카운터로 돌아갔다.

은희는 올해 6월이 유독 덥다는 말을 시작으로 경찰과 사담을 이어갔다. 드문드문 대화가 끊기고 침묵이 찾아왔지만, 주호의 발소리는 들리지 않았다. 은희는 모른 척 주방을 치우며 시간을 끌다가 경찰이 아드님은 언제 나오시냐고 묻자 다시 한번 창고로 향했다. 이번에는 경찰도 은희를 따라왔다. 은희가 지하실 문 앞에 서서 천천히 문을 열었다. 바닥 문 가까이 서면 불이 들어온다는 남사스러운 포스터를 떠올렸고 포스터가 유달리 번쩍여 주호가 못 보고 지나치는 일이 없기를 마음 깊이 바랐다.

땀이 흥건한 주호가 그들을 맞이했다. 안쪽 문은 슬라이딩 책꽂이에 가려져 있었고 재경도 보이지 않았다. 은희가 작게 숨을 내쉬었다.

"저는 기억이 나요." 주호가 경찰이 내민 선우의 사진을 보고 말했다. "등산객 같았어요."

주호는 경찰의 모든 질문에 수상쩍을 정도로 느리게 대답하며 말을 골랐지만, 어눌한 말투 덕분에 원래 말이 느린 사람처럼 보였다. 경찰이 떠나고 주호와 은희는 모든 문과 창문을 닫고 매점 홀에 앉았다.

"선우 걔 전화는 갖고 나갔냐?" 은희가 물었다.

"그럼." 주호가 대답했다.

"소장이 오늘 일 알면 안 되는데."

"어떻게 알겠어."

"왜 몰라, 금방 알지."

"재경 씨가 파놓은 굴 구멍으로 나가서 바로 강산리 파출소로 내려간다고 했어요. 선우 씨 덩치도 작잖아요. 안 들킬 거예요."

"선우가 아니라 경찰이 온 게 문제지."

"그게 왜? 밥 먹으러 온 거라고 해요. 경찰은 밥 안 먹나?"

"너 지하에 땅 빌려주는 걸로 돈은 좀 벌었냐?"

"그런 건 또 왜 물어보셔?"

"아니다." 은희가 일어나 주방으로 걸어갔다.

"선우 씨가 가면 조사 끝이죠. 실종자가 직접 나타난 건데."

"후덥지근한 게 또 비가 오겠는데." 은희가 주방 창밖을 내다봤다.

"30분이면 적강리 도착할 거예요. 아직 낮이니까 강산역 가는 버스도 있고. 별일 없겠지." 주호가 말했다.

*

선우는 재경이 파놓은 굴을 지나 산비탈로 나갔다. 신발을 고쳐 신고 적강리로 가는 지름길을 달려 내려갔다. 긴팔과 카고 바지가 땀에 젖었다. 어느새 산에 여름빛이 완연했다.

적강리에 내려온 뒤 휴대폰을 켰다. 새로 온 카톡은 없었고 낯선 번호가 찍힌 문자 알림이 떴다. 그가 문자 확인을 미루고 연우에게 전화를 걸었다.

"잠시만요. 선우야!" 연우가 반가운 목소리로 전화를 받았다.

"형."

"너 회사 그만뒀어? 지금 어디 있는데?"

"잠깐 아는 형네 내려왔어. 좀 쉬려고." 선우가 주호를 떠올렸다.

긴 한숨 소리가 들렸다. "다행이네. 너 실종 신고가 들어왔다고 해서 놀랐어. 집은 왜 나갔어? 이사한 거야? 형한텐 왜 말 안 했어?"

"형이 신고한 거 아니야?"

"어? 아니야. 다른 사람이 신고했다고 그러던데? 너 돈 부족하니? 일단 여기로 와라. 형 집에서 지내."

"그럼 엄마가 했나?"

"안 그래도 바로 전화드렸어. 놀라실까봐 별일 아니라고는 말씀드렸는데, 네가 전화 한번 드려라."

"엄마나 아빠가 한 것도 아니래?"

"너 회사 그만뒀는지 나도 몰랐는데 엄마 아빠가 어떻게 아셨겠어. 네가 도와달라고 했으면 나나 엄마가 바로 갔지. 하여튼 좀 챙겨주려고 하면 질색을 하니까, 엄마 아빠도 네 눈치만 보시잖아."

"그게 챙겨주는 거야? 뭐, 엄마가 내 얘기 해?"

"엄마야 늘 걱정하시지. 나 만나면 너 얘기밖에 안 하셔."

"무슨 얘기?"

"맨날 하는 얘기. 알잖아."

"별 얘기 안 했구나." 선우가 머리를 쓸어 넘겼다.

"잘 있는 거야?"

"어, 그럼. 그냥 쉬고 있어."

"그래. 쉬는 거면 찬형이 결혼식이나 와라. 오랜만에 다 같이 얼굴 좀 보게. 큰이모랑 외할아버지도 좀 뵙고."

"어……."

"형이 저녁에 다시 연락할게. 응, 응."

선우가 통화가 끊긴 휴대폰을 내려다보았다. 그렇지. 그가 생각했다. 그들은 이제 그런 사이였다. 두세 달에 한 번쯤 안부를 주고받고 친척 형의 결혼 소식을 전하는 사이. 고작 석 달 연락이 되지 않았다고 연우가 실종 신고를 했을 리 없었다.

문자 알림이 다시 울렸다. 선우가 문자 메시지를 확인했다.

—김수산나입니다. 계속 연락했는데 전화기가 꺼져 있네요. 살아 있는지만이라도 답장 주면 좋겠습니다.

—선우 씨, 가족만 실종 신고가 되는 줄 알았으나 긴급한 상황을 설명하니 가능하다고 하여 실종 신고를 하겠습니다. 정선우 씨가 아니라면 문자나 전화 부탁드립니다. 휴대폰 주인 실종 신고했습니다.

선우가 나지막이 한숨을 쉬고는 휴대폰 화면을 껐다. 가까운 정류장으로 가 강산역으로 가는 버스를 찾았다. 20여 분 만에 온 버스는 덜덜거리며 나아갔고 자주 멈춰 승객을 태웠다. 파출소에서 할 말을 입속말로 정리하던 선우는 버스가 역에서 멈추자마자 파출소로 내달렸다.

경찰의 질문은 생각보다 많지 않았다. 퇴사 후 아는 형네에 내려와 있다는 말도, 속풀이를 하러 적강산을 오른다는 말도 선우 혼자 나불댔을 뿐이었다. 그들은 그가 실종 신고된 정선우임을 확인하고 그를 보내주었다.

선우가 적강리로 돌아가는 버스를 기다리며 연우와 나눈 대화를 곱씹었다. 연우는 선우가 회사를 그만두고 전셋집을 뺀 사실을 알고 있었다. 형이 알았으니 부모도 전해들었을 터였다. 선우는 자라며 부모에게 포기한 자식이라는 말을 여러 번 들었다. 빰을 치고 싶은 생각이 스멀스멀 올라왔다. 그가 휴대폰을 움켜쥐었다.

김수산나. 선우가 여자의 이름을 되뇌었다. 자취방 현관에서 있던 수산나의 얼굴을 생각해보았지만, 잘 기억나지 않았다. 선우가 수산나의 번호에 건 차단을 풀었다. 도대체 왜? 그녀에게 전화를 걸었다. 실종 신고를 했으면 지금쯤 내가 적강리에 있다는 사실도 전해들었겠지, 선우가 목을 골랐다. 그렇게 궁금하면 직접 얘기해드리지요. 쨍한 햇볕이 눈과 볼에 내리쬐었다.

"여보세요?"

아이들이 재잘거리는 소리가 들렸다.

"저……." 선우가 평온한 목소리에 놀라 머뭇거렸다.

"네, 말씀하세요."

"정선우라고 하는데요."

"선우 씨? 정선우 씨 맞아요? 위시투슬립?" 카랑한 목소리가 선우의 귓가에 울렸다.

"예, 맞는데요. 저 실종 신고하셨죠?"

"왜 그렇게 연락을 안 받아요? 손이 다 떨리네."

시끄러운 소리가 멎고 수산나의 목소리가 크고 또렷하게 들려왔다.

"제가 그쪽 연락을 왜 받아야 해요?" 선우가 물었다. "경찰이 왔다고 해서 얼마나 놀랐는지 아세요? 제가 지금 강산 파출소까지 내려왔어요."

"경찰이 갔어요? 어디?"

"고라니 매점이요. 그쪽이 신고하셔서 그런 거잖아요. 몇 번 들른 가겐데 괜히 저 때문에 피해 보고, 도대체 이게 무슨 경우에요?"

"고라니? 무슨 말이에요. 나는 선우 씨가 혹시 안 좋은 선택이라도 할까봐 걱정했죠. 마지막에 얘기했을 때 꼭 무슨 일이라도 저지를 것처럼 굴었잖아요. 그러더니 연락도 안 되고 집도 빼고."

"아니, 제가 집을 빼든 무슨 일을 저지르든 뭔 상관이세요?"

"상관이 왜 없어요, 아는 사람인데. 이름도 알고, 만나서 얘기도 하고, 집도 가봤는데 무시한다고 돼요, 그게?"

"……걱정해주셔서 고마운데요, 저 주변에 좋은 분들 많고 잘 있으니까 김수산나 씨도 잘 사세요. 저한테 연락하지 마시고요."

"혹시 취업이 안 돼서 그래요? 우리 남편이 작은 회사를 운영해요. 일자리 하나 정도는 구할 수 있거든요? 일하면서 다시 구직 활동도 해보고……."

"아니요, 취업 때문에 그런 게 아니라 그냥 쉬고 싶어서 그래요."

"그냥? 알겠어요. 그럼 나야 다행이지."

"예."

선우가 휴대폰을 귓가에서 뗐다.

수산나는 언제 어디서나 예의를 중요시하는 사람으로, '예'라는 말을 끝으로 전화를 끊는 경우는 생각조차 해본 적이 없었다. 그녀는 통화 종료 버튼을 누르는 대신 예, 뒤에 나올 인사말을 기다렸다. 한편 선우는 그녀가 휴대폰을 내려놓았으리라 생각하며 혼잣말을 중얼거렸고 그대로 전원 버튼을 눌렀다.

그리하여 수산나가 들은 선우의 마지막 말은 다음과 같았다.

"사람이 무슨 이유가 있어서 죽고 싶나, 인생이 다 그런 거지."

그녀는 그에게 다시 전화를 걸었고 전화기가 꺼져 있다는 안내음을 들었다.

*

수산나는 퇴직 후 2년 동안 지역아동센터에서 영어를 가르쳤다. 자식 없이 사는 딸 내외를 챙기고 다른 활동을 하는 와중에도 늦거나 거른 적 없는 봉사였다. 하물며 약속한 시간보다 일찍 센터를 나선 적은 더욱 없었다. 그러나 이번에는 달랐다. 사람 목숨이 달려 있었다.

그녀가 급하게 교과서별 학습 프린트를 찾아 인쇄했다. 아이들에게는 프린트에 있는 문제를 풀게 하고 다른 선생님에게 자기 자리를 채워달라고 양해를 구했다. 그녀가 센터를 나가며 남편에게 전화를 걸었다.

"정선우 말이야. 위시투슬립. 그 사람한테 전화가 왔어."

"찾았대? 다행이네. 왜 갑자기 잠수 탔대?"

"모르겠어, 그냥 쉬고 싶었대. 근데 있잖아, 그 사람이 전화

끊기 전에 '무슨 이유가 있어서 죽고 싶나'라고 하더라?"

"무슨 이유가 있어서 죽냐고? 그냥 죽고 싶다는 거야?"

"응, 원래 인생이 그렇대. 죽고 싶은 게 인생이래. 어떻게 그래?"

"그 사람 지금 정신적으로 힘든데 본인은 모르는 상태 아니야?"

"그치? 자기가 먼저 전화를 걸어서는 나한테 그런 말을 하더라고."

"여보한테 도와달라고 신호를 보낸 거 아닐까? 좀 살려달라고."

"아무래도 한번 가봐야겠어." 수산나가 말했다.

"어딜?"

선우가 산비탈과 재경의 굴을 지나 고라니 매점으로 돌아가는 동안 수산나는 남편과 함께 강산역으로 향했다. 통화 중에 선우가 이야기한 강산 파출소를 찾아가 근처 매점을 돌아보기로 했다. 초조하고 걱정스러운 마음, 누군가를 도와주겠노라는 다짐이 강산역으로 향하는 그들을 들뜨게 만들었다.

강산 파출소에 도착해 주변을 살폈지만, 선우나 고라니 매점은 없었다. 그들의 부푼 마음이 점점 가라앉았다.

"어떡하지?" 수산나의 남편이 물었다.

강산리를 세 바퀴 반째 돌았을 때 수산나가 어느 부동산 앞에 차를 세웠다. 부동산을 나와서는 우체국, 감자탕집, 분식집을 차례로 거쳤다. 분식집에서 고라니 매점을 안다는 사람을 만났다. 수산나가 내비게이션에 적강산 자연휴양림을 찍었다. 내비게이션을 쓰기가 무색할 정도로 가까운 곳이었다. 그들이 휴양림 제1매표소 앞에서 내려 야영장과 관리사무실을 바라보았다. 고라니 매점은 주변에도, 매표소 옆 안내도에도 보이지 않았다.

고라니 매점이 정말 그곳에 있는가에 대해 짧은 말다툼을 한 그들은 곧 간단한 결론을 내렸다. 관리사무실로 걸어 올라가자 창문 너머 누군가와 심각한 대화를 나누는 관리소장이 보였다. 창문 옆 가로등에 숨은 꼬마 하나가 그들을 기웃거렸다.

"안녕." 수산나가 다정하게 인사를 건넸다. "너 혹시 고라니 매점이라고 아니?"

"네." 아이가 확신에 찬 얼굴로 고개를 끄덕이더니 가로등 밖으로 나왔다. "저쪽으로 가면 돼요."

"저긴 산밖에 없잖아. 아줌마가 오늘 그 매점을 꼭 가야 하는데, 도와줄래?"

"위험한데." 아이가 진지한 얼굴로 고민하더니 고개를 크게 끄덕였다. "제가 데려다줄게요."

함께 산을 오르는 내내 아이는 자기가 아는 모든 것을 미주알고주알 이야기했다. 휴양림 소개는 물론이고 어제 머무른 손님이라든가 지난주 창틀에 매달려 있던 자기 손바닥만 한 매미에 대한 얘기를 끊임없이 떠들었다.

"그리고 여기는 진짜 조심해야 해요."

"왜? 왜 그럴까요?" 수산나가 아이의 말투를 따라 하며 웃었다.

"여기 땅속에 사는 사람이 있거든요."

"사람? 땅속에 사람이 산다고?" 남편이 큰 소리로 웃었다. "참 역시 애들은 상상력이 좋아."

"진짜예요. 저기 굴도 있는데."

아이가 그들을 두고 달려나갔다. 웬 흙더미를 가리키며 오소리 굴이 어쩌고 알아들을 수 없는 말을 했다. "여기 사람이서 있었다고요."

흙더미는 굴이라기보다는 엉성하게 쌓았다 부순 모래성처럼 보였다.

"그 사람들은 얼굴이 이렇고," 아이가 양손으로 얼굴을 눌렀다. "몸에 흙이 묻어 있어요. 또 손톱이 검은색이고 여기 사는 아저씨는 구불구불한 머리카락이 목까지 내려왔어요."

수산나가 선우의 얼굴을 떠올렸다. 귀밑까지 오던 곱슬머리, 눈 아래 다크서클과 옅게 뜬 눈…….

"여기가 맞는 것 같아." 수산나의 말에 남편이 긴장한 얼굴로 그녀를 쳐다봤다. 두 사람은 다람쥐의 집 뒤편 산책로에서 아이와 헤어져 언덕을 내려갔다.

앞서 길을 내려가던 남편이 멀리 보이는 고라니 매점과 작게 난 창문을 기웃거렸다.

"사람 많은데? 두 명, 아니다, 세 명이나 있어. 진짜 그냥 매점 아니야?"

"매점이면 다행이지. 근데 땅속에 산다는 게 무슨 말이야? 도대체 뭘 하고 다니길래."

"글쎄, 산삼이라도 캐나." 남편이 우스갯소리를 던지고는 수산나의 반응을 기대하며 그녀를 돌아봤다.

"잠깐만, 저기 창가에 머리 긴 남자 있잖아." 수산나가 남편 어깨를 잡았다.

"어, 맞다. 곱슬머리." 남편이 걸음을 멈췄다.

"어머." 수산나가 놀라 숨을 크게 들이마셨다.

"왜?"

"정선우랑 통화했을 때…… 주변에 좋은 분들이 있다고 했어."

"좋은 분들?"

"집단 자살이라도 하려는 거 아니야?" 수산나가 심각한 얼굴로 말했다.

남편의 입이 벌어졌다. "그럼 뭐 그런 건가, 생매장? 어떡해 그럼?"

"뭘 어떻게 해. 막아야지." 수산나가 남편 어깨를 쥔 손에 힘을 주었다. "어렵더라도 해보자. 여기까지 왔잖아."

그들이 언덕을 마저 내려가 녹색 지붕을 얹은 산장 앞에 섰다. 불투명 스티커를 붙인 미닫이문 너머로 두세 사람의 실루엣이 보였다. 수산나가 숨을 크게 들이쉬고 문을 열었다.

*

묵을 입에 한가득 머금은 선우가 매점으로 들어선 두 사람을 바라보았다. 일이 꼬여도 단단히 꼬인 날이라고 그는 생각했다. 강제로 기상해 산 아래까지 달려 내려갔다가 겨우 올라와 모처럼 음식다운 음식을 입에 넣은 참이었다. 밥보다는 잠이 급했지만, 재경이 은희가 매점을 비운 사이에 제발 한 입이라도 먹어보라기에 싱크대 앞에 서서 묵밥 그릇을 들었다. 그런데 매점 손님이 들어오다니. 그것도 둘이나.

"진짜 있네."

여자가 그렇게 말하며 함께 들어온 남자의 손목을 쥔 순간, 선우는 그녀를 알아보았다. 선우가 서둘러 입에 든 묵을 삼켰다.

"어서 오세요." 주호가 한발 빠르게 말했다. "식사하시겠어요?"

수산나가 주호를 쳐다보는 사이 재경이 선우를 밀며 슬슬 창고로 걸어갔다.

"오랜만이에요, 정선우 씨." 수산나가 말했다.

재경이 선우를 밀던 동작을 멈추고 당황한 얼굴로 수산나를 쳐다봤다.

"여기 왜 오셨어요?" 선우가 물었다. "어떻게 알고 오신 거예요?"

"얘기 다 들었어요." 수산나가 안쓰러운 표정으로 말했다. "아무리 힘들어도 이러면 안 되죠."

주호가 어리둥절한 얼굴로 선우를 돌아봤다. "누구셔?"

"누구한테 뭘 들으셨는지는 모르겠는데 그쪽이 참견하실 일 아니에요." 선우가 말했다. "저한테 연락하지 마시라고 했잖아요."

수산나가 깊은 한숨을 내쉬었다.

"선우 씨, 그리고 선우 씨 주변의 좋은 분들." 그녀가 선우와 재경, 주호를 둘러보았다. "제가 여러분 생각을 바꿀 수 없다는 거 알아요. 그래도요, 이건 정말 말하고 싶어요. 여러분 중에 소중하지 않은 사람이 없고, 여러분을 아끼고 사랑하는 사람이 분명 존재한다는 거. 네, 저도 알아요. 삶이 남의 편이라고 느껴질 때가 있죠. 왜 안 좋은 일은 다 나한테만 생기나, 이 정도면 충분하지 않나, 인생 생각대로 되는 게 없다, 싶잖아요."

남편이 박자를 맞추듯 고개를 끄덕였다.

"그러나," 수산나의 카랑카랑한 목소리가 홀에 울려퍼졌다. "그렇다고 세상을 떠나는 것이 답은 아닙니다."

주호와 재경이 눈을 말똥거리며 수산나와 남편을 바라보았다.

"여보." 남편이 수산나의 손을 잡아당겼다. "여기 이상한데……."

웃을지 울지 끝내 결정하지 못한 선우가 가느다란 탄식을 내뱉었다.

"저희 그냥 묵밥 먹고 있었는데?" 재경이 말했다. "안 죽을 건데요."

"네?" 수산나가 되물었다.

"이제, 누구신지는 모르겠지만," 주호가 선우를 힐긋 바라봤다. "저희 가게는 그냥 매점이에요. 파전이랑 잔치국수도 팔고요."

"이분이 그, 김수산나 씬데," 선우가 말했다. "여기 오기 전에 집을 봐달라고 부탁드렸고 말하자면 복잡한데 이번에 제 실종 신고를 하신……."

"아, 선우 씨 스토커?" 재경이 물었다.

"스토커라니요." 수산나가 단호한 얼굴로 재경을 돌아보자 재경이 슬그머니 주방 안쪽으로 들어갔다.

"선우 씨가 전화 끊기 전에 그랬잖아요. 무슨 이유가 있어서 죽고 싶나면서요, 죽고 싶은 게 인생이라면서요."

"무슨 이유가 있어 죽고 싶……" 선우가 수산나의 말을 되짚었다. "그 말을 들으셨어요?"

"그럼 들었죠. 그냥 넘어가려고 해도 그럴 수가 있어야지."

선우가 눈을 지그시 감았다 떴다.

"그냥 다 말씀드려도 될까요?" 선우가 주호에게 물었다.

"뭘 물어봐요." 재경이 선우의 말을 가로챘다. "아줌마. 저희 죽고 그런 거 아니고 여기서 쉬는 거예요."

"쉬어요?" 남편이 물었다.

"모두가 소중한 존재라면서요." 재경이 빈정거렸다. "소중한 존재라 휴양 좀 하고 있습니다. 선우 씨는 늘어지게 자려고 들어왔고요."

"휴양? 진짜 쉬러 온 거예요? 자겠다고?" 수산나가 선우에게 물었다.

선우가 고개를 끄덕였다.

"힘들어서?"

"아니, 그냥 왔다고요." 재경이 대답했다.

계속 그랬던 거구나. 수산나가 입술을 자근거렸다. 마음속 걱정과 떨림이 가라앉으며 노여움이 그녀의 몸을 감쌌다. 그냥 자려던 거였어. 일자리 때문도 아니고 힘에 부쳐서도 아니고, 그 모든 시간 동안 그저 방해 없이 자겠다고…….

창고에서 희미하게 지하실 문이 열리는 소리가 들렸다. 재경이 창고를 돌아보는데, 수산나가 다시 입을 열었다.

"이러면 안 되죠. 젊고 멀쩡한 사람들이 이렇게 살면 안 되지."

"왜요? 왜 안 되지?" 재경이 눈동자를 뒤룩뒤룩 굴리며 말했다. "그냥 집 몇 번 봐주고 돈 받아간 사이 아니에요? 무슨 권리로 그런 말을 해요?"

"뭐가 그렇게 당당해요?" 수산나의 턱과 입술이 조금씩 떨려왔다. "휴양은 며칠 쉬는 걸 휴양이라고 하지, 구직 활동도 안 하고 놀고먹는 거는 잉여 인간이라고 해요. 뭘 배우거나 아파서 쉬는 거면 몰라. 지금 여러분이 하는 행동은 열심히 사는 사람 바보 만드는 거예요."

매점 바닥에 비친 햇빛이 일순 가려지고 은희의 그림자가 나타났다. 은희가 미닫이문을 지나 매점으로 들어왔다.

"아줌마가 뭘 알아요?" 재경이 따졌다.

"그럼 아니에요? 아니면 여기서 달리 뭘 하는지 얘길 해봐요. 내가 진짜 궁금해서 그래. 도대체 뭘 하길래 지나가는 애가 당신들을 땅속에 사는 사람이라고 해요? 여기 매점도 아니죠? 법적으로 허가받은 곳은 맞아요? 어쩐지 지도 앱에도 안 나오고, 간판도 없더라." 수산나가 말했다. "그렇게 떳떳하면 내가 여기 신고 한번 해볼까요? 그렇게 할까요?"

"여보." 남편이 수산나의 팔을 붙들었다.

"신고할 거 없어요." 은희가 말했다.

수산나가 놀라 은희를 돌아봤다. "이분은 또 누구셔. 어르신도 여기 계시는 거예요?"

"내가 여기 주인인데 우리 내달에 접으려니까 그만 가요." 은희가 나지막이 말했다.

"……문을 닫으신다고요?" 수산나가 물었다.

"가자." 남편이 수산나의 팔을 잡아끌었다. "할 만큼 했어."

"알겠어. 일단 그냥 가는데요, 당신들 진짜 정상 아니고 이상한 거예요. 정신 차리세요."

수산나가 매점을 나갔다.

"니들 괜찮냐?" 문이 닫히자 은희가 물었다.

"관리소장이 매점 닫으래요?" 주호가 되물었다.

"경찰도 오고 불안하단다."

"경찰 한번 왔다고 나가라는 게 말이 돼요?" 재경이 물었다.

입을 다문 주호의 얼굴이 벌겋게 달아올랐다. "이게 뭐라고……" 그가 입속말을 중얼거렸다. "지가 받은 게 있으니까……."

"몇 년 전부터 소장이랑 얘기한 거야. 내가 매년 한 해만 더 해보겠다, 그러면서 버틴 거지." 은희가 주호를 달랬다.

수산나가 있던 자리를 말없이 바라보던 선우가 밖으로 나갔다.

"저기…… 저기요! 김수산나 씨!" 선우가 다람쥐의 집으로 가는 언덕을 오르며 소리쳤다.

수산나와 남편이 선우를 돌아봤다.

"사과하세요." 선우가 말했다.

"뭐를요."

"정상 아니라고 하셨잖아요. 이상하다고……."

수산나가 선우 쪽으로 한 걸음 내려섰다.

"선우 씨, 잘 들어요." 그녀가 눈썹을 내려뜨리고 그를 바라봤다. "힘든 일도 버틸 줄 알아야 돼요. 무섭다고 피하면 점점 돌아가기 어려워져. 나 그런 사람 많이 봤어요."

선우가 입을 다물고 고개를 숙였다. 할 말이 머릿속에 가득했는데 한순간 넘쳐흘러 사라졌다. 어떤 단어도 구절도 떠오르지 않았다.

"여기 이상한 거 맞아요. 보통 쉬겠다고 이런 데 숨어들진 않지." 수산나가 말했다. "그러니까 선우 씨도 그만하고 나와요."

"……뭐가 달라져요?" 선우가 중얼거렸다.

"네?"

"힘들어서 온 거면 뭐가 달라지느냐고요."

수산나가 황당한 눈빛으로 선우를 바라봤다.

"찾아달라고 한 적 없어요. 들여다봐달라고 한 적도 없고요." 선우가 수산나에게서 돌아섰다. "제발 좀 내버려두세요."

말을 던져 낸 선우가 한 발씩 매점으로 나아갔다. 똑바로 걸으려 할수록 다리가 삐거덕거리고 몸 어딘가가 어긋나는 기분이 들었다.

매점에 들어서자 재경과 주호가 무어라 말을 걸었다. 귀에 잘 들어오지 않았다. 그가 두 사람을 따라 지하실로 내려갔다. 호텔로 나가는 문이 조금 열려 있었다.

"누가 왔었나본데." 주호가 말했다.

"네, 아까. 혜원 씨 같던데요." 재경이 대답했다.

그들은 여느 낮처럼 각자의 자리로 돌아갔다. 선우가 침낭에 들어가 눈을 감았다. 바로 잠이 올 것 같더니 눕자마자 등허리, 손목과 발목이 아파 전신에 힘이 들어갔다. 그가 몸에 닿는 차갑고 부들거리는 침낭, 눈꺼풀 안쪽에 보이는 흐린 얼룩, 조금씩 따뜻해지는 발에 집중했다. 눈을 감은 채로 괜히 입꼬리도 올려보았다. 머리를 울리던 생각이 조금씩 흐릿해졌다. 몸에 힘이 빠지고 까무룩 잠이 찾아왔다.

3부

산

*

이틀 동안 연이어 폭우가 내렸다. 빗물이 하천을 불리고 땅에 스며들었다. 적강산 곳곳에 물길이 나고 웅덩이가 파였다. 주먹만 하던 물웅덩이가 머리만큼, 자동차 바퀴가 통째로 빠질 만큼 깊고 넓어졌다.

고라니 매점 옆 가짜 배수로에 쉴 새 없이 빗방울이 떨어졌다. 배수로 덮개를 반쯤 막은 실리콘 매트에서도 이따금 빗물이 흘러내렸다. 비는 덮개 밑 계단의 우묵한 곳에 모이다 흘러넘쳤고 다음 단과 다다음 단으로 떨어져내렸다. 물줄기가 흐르고 마주 닿는 소리가 짐승이 우짖는 소리처럼 굴을 울렸다. 저마다의 잠자리에서 몸을 뒤척이던 사람들이 하나둘 잠에서 깼다. 그들이 굴을 나와 중앙 터널로 기어갔다. 손가락과 무릎에 닿는 물줄기가 정신을 깨웠다. 물줄기는 초마다 빠르게 불어났다. 들어찬 물 위로 이끼와 직사각형으로 자른 종이 박스가 떠올랐다. 흰색 우비, 침낭과 텐트를 비롯한 온갖 것들이 물결을 따라 뒹굴었다. 그들은 서로를 깨우기 위해 고함을 지르고 질퍽한 흙을 파내며 나아갔다.

주호가 라운지 문을 열고 그들을 맞이했다. 호텔에 남은 여덟 명이 라운지에 모였다. 주호가 그들 수를 세고 굴에 남은 사람이 없는지 살폈다. 은희가 만들어둔 투숙객 명단과 각자 위치를 표시한 지도가 도움이 됐다.

"거기서 뭐 해." 은희가 지하실 문을 열고 외쳤다. "얼른 올라와."

그들이 서둘러 매점으로 가는 계단을 올랐다. 혜원이 매점 뒷문을 열고 물이 찬 계곡과 텃밭을 둘러봤다. 우산을 써도 온몸이 젖을 듯한 비가 산을 뒤덮고 있었다.

"관리사무실에 가봐야겠다." 은희가 우산을 집어들었다.

"이렇게 비가 오는데 어딜 가요. 위험해." 주호가 은희를 말렸다.

"차 타고 가면 금방 도착해. 사무실에서 큰 차 빌려서 올 테니까 마을회관으로 가든지 하자."

"엄마 그럼 내가 갈게."

"내가 가야 빨라." 은희가 매점 홀에 앉은 사람들의 얼굴을 훑었다. "성찮은 사람부터 갑시다."

줄곧 굴에만 있던 사람들이 은희를 따라나섰고 영수, 재경,

선우, 혜원이 매점에 남았다.

"휴대폰 소리 켜놔라." 은희가 차창을 열고 주호에게 소리쳤다. 차가 매표소를 지나 멀어졌다.

오랜만에 한자리에 모인 주호와 네 사람 사이에 어색한 공기가 흘렀다. 재경마저 다른 이들을 흘깃거릴 뿐 말을 꺼내지 않았다. 보름 가까운 시간 동안 영수는 살이 더 빠졌고 혜원은 낯빛이 어둡고 머리가 한층 부스스해져 있었다.

영수가 눈을 감은 채 바깥에서 들리는 소리에 귀 기울였다. 뭔가가 갈라지는 소리가 들리고 몸을 흔드는 진동이 느껴졌다. 혜원이 주방 창문 너머로 흔들리는 나무를 바라봤다.

"나가야 돼요." 혜원이 말했다.

"지금? 나 노트북이랑 시계만 좀 챙기고……." 주호가 말했다.

"빨리요." 혜원이 우산도 없이 매점 밖으로 달려나갔다. 영수가 혜원을 따라나섰고 재경과 선우가 미닫이문 밖으로 주호를 떠밀었다.

"어디로 가는데." 주호가 쏟아지는 비를 피해 눈을 가늘게 뜨고 물었다.

"일단 가요." 재경이 말했다.

그들이 혜원을 따라 매점 대각선 위, 다람쥐의 집으로 달려 올라갔다. 넓은 거실 위에 다락이 있는 다람쥐의 집은 지반과 천장이 높아 붉은 박공지붕이 꽤 위로 솟아 있었다. 지붕면에 대칭으로 튀어나온 다락 창문은 부릅뜬 눈처럼 보였고 양쪽에 덧붙은 낮은 지붕은 각진 귀 같았다. 가운데에 놓인 커다란 문은 벌린 입 같아서 함께 보면 마치 집이 소리치는 듯한 모양새였다.

혜원이 현관 앞 데크로 올라가 문을 잡아당겼다. 문은 열리지 않았다. 두드려도 아무 응답이 없었다.

"사람이 없는 것 같은데." 뒤쫓아 온 재경이 말했다.

"비가 많이 오니까 누가 예약했어도 취소하라고 했겠지." 주호가 헐떡이며 말했다.

"어떡하지?" 혜원이 숨을 몰아쉬며 주위를 두리번거렸다.

"창문." 재경이 왼쪽 창문으로 다가가자 선우도 남은 창문을 확인했다. 건물 뒤창까지 살폈지만, 모두 잠겨 있었다. 두 사람이 유리창을 깰 만한 돌멩이를 찾아 주변 수풀과 뒷길을 뒤졌다. 적당한 돌을 주워 돌아서는데 문 쪽에서 영수의 외침이 터져나왔다.

"여기!"

재경과 선우가 영수에게 달려갔다. 영수와 혜원이 데크에 놓인 야외 테이블을 외벽으로 밀고 있었다. 양옆에 벤치가 달린 나무 테이블은 비를 머금어 무거웠고 조금도 움직이지 않았다.

"뭘 어떻게 하려고요?" 재경이 테이블을 쳐다보며 물었다. 직사각형 상판은 폭이 좁아 두 사람이 앞뒤로 서면 가득 찰 정도였다.

매점 쪽에서 바윗돌이 구르는 소리가 났다. 다섯 사람이 매점이 있는 오른쪽 아래 방향으로 고개를 돌렸다. 사람 반만 한 바위와 머리만 한 돌 수십 개가 매점 지붕으로 떨어졌다. 몇 차례 내려온 낙석에 지붕이 조금씩 가라앉았다. 낙석은 곧 멎었지만, 돌소리는 메아리처럼 이어졌다. 제자리에 서서 비에 젖은 얼굴을 훔치던 주호가 매점 쪽으로 다가섰다. 재경과 선우도 그를 따랐다. 그때 그들이 선 땅이 크게 일렁였다. 다람쥐의 집 외벽과 데크가 흔들린다 싶더니 매점 위쪽 비탈이 형태를 그대로 유지한 채 미끄러져 내려왔다. 회갈색 먼지구름이 안개처럼 매점을 가렸고 흘러내린 나무와 흙이 일순간 뒤엉켰다. 서로를 앞지르듯 공중으로 튀어오르며 매점으로 쏟아졌다.

"빨리 밀어!" 영수가 외쳤다. 귀청이 떨어질 듯한 굉음 때문에 입만 뻐끔거리는 듯 보였다. 재경이 본능적으로 야외 테이블을 잡았다. 선우와 주호도 뒤따랐다. 그들이 테이블을 집 외벽에 붙이자 영수가 테이블 상판에 올라갔다. 손을 뻗어 지붕과의 거리를 가늠했다. 목말을 타면 지붕에 오르는 일도 가능할 성싶었다.

"배 사장부터 와." 영수가 쭈그려 앉으며 말했다. 테이블에 오른 주호가 망설이며 영수 어깨에 올라탔다. 영수가 몸을 일으키다가 순간 균형을 잃고 휘청였다. 주호가 다리를 뒤로 해 영수에게서 내려왔다. 재경이 혀를 차더니 영수를 끌어내렸다. 테이블에 올라앉아 주호에게 손짓했다. 주호가 목말을 타자 재경이 끙 소리를 내며 일어섰다. 주호의 커다란 엉덩이가 재경 뒤쪽으로 쏠렸다. 선우와 혜원이 주호의 양쪽 엉덩이를 밀어 올려 힘을 보탰다. 지붕 가까이 올라간 주호가 손을 뻗었다. 두어 번 미끄러진 끝에 지붕에 무릎을 올렸고 오른쪽 다락 창문 위 작은 지붕을 잡는 데 성공했다.

자리를 바꿔가며 혜원, 선우, 재경이 차례로 지붕에 올랐고 마지막으로 영수가 지붕에 손을 뻗었다. 끊임없이 내리는 비에 지붕과 신발 바닥, 잡을 수 있는 모든 것이 미끄러웠다. 처마에 매달린 영수의 손이 조금씩 처졌다. 다락 지붕에 몸을 의지한 주호와 혜원이 영수의 팔을 잡아당겼다. 영수가 테이블에서 발을 떼고 두 사람에게 매달렸다. 지붕에 무릎을, 이내 손과 발을 올렸다.

다람쥐의 집 뒤편에 있는 비탈이 내려앉으며 다람쥐의 집을 감쌌다. 그들이 서로를 잡은 채 몸을 굽혔다. 우지끈 소리와 함께 객실이 크게 흔들렸다. 찢기고 부딪치는 소리가 몇십 초간 이어지더니 다시 빗소리가 온 산을 채웠다. 지붕만 꺼내놓은 것처럼 산장 주위가 흙으로 가득했다.

"아, 진짜." 재경이 한숨을 내뱉었다. 굵은 빗방울 몇 개가 그의 입술에 부딪쳐 흩어졌다.

주호가 눈꺼풀에 내리는 비를 닦으며 고라니 매점을 내려다보았다. 낙석과 흙으로 덮인 매점은 몇 분 전 모습을 믿기 어려울 정도로 무너져 있었다. 지붕은 반쯤 꺾였고 찌그러진 미닫이문과 갈라진 벽 사이로 매점 안이 그대로 드러났다. 홀 테이블과 의자는 토사에 깔렸고 그 위로 부서진 가벽, 나뭇가지, 냉장고가 붉게 비어져나왔다.

영수가 주호의 시선을 따라 매점 옆 텃밭을 바라봤다. 부러지고 꺾인 나무, 돌과 토사가 뒤섞인 그곳은 더 이상 밭이 아니었다. 작은 집 모양 간이 창고는 지붕과 벽이 모두 해체되었고 안팎에 든 모든 것을 토해냈다. 녹아내린 종이 박스와 초록 소주병, 찌그러진 맥주 페트병이 토사를 따라 흔들렸다. 영수가 그 사이에 떠오른 갈색 천과 두개골을 응시했다. 흩어진 뼈와 빛바랜 옷이 비에 맞아 조금씩 그 형체를 드러냈다.

영수가 혜원을 돌아봤다. 텃밭을 보던 혜원이 영수의 시선을 느끼고 그와 눈을 마주쳤다. 혜원이 입꼬리를 움찔거렸다. 미소를 지으려 했지만, 얼굴을 끝까지 펴지 못하고 눈을 감았다. 무너진 매점 뒤로 붉은 계곡물이 거세게 흘러내렸다.

영수의 턱, 어깨와 다리가 파르르 떨려왔다. 그가 네발걸음으로 혜원을 지나 왼쪽 다락 지붕에 올라앉았다. 그가 입을 열었다. 누군가의 손이라도 잡는다면 떨림이 좀 잦아들 것 같았다. 소리를 냈다고 생각했지만, 소리가 정말 입 밖에 나왔는지 알 수 없었다. 온 세상이 빗소리로 가득했다.

영수가 어깨를 움츠리고 고개를 숙였다. 온몸이 떨렸고 퍼붓는 빗줄기에도 입과 목이 말랐다.

"몸이, 이상해." 영수가 말했다. 입술이 잘 떨어지지 않았다.

"영수 형님이 엄청 떠는데." 함께 앉은 재경이 떨림을 느끼고 말했다.

그들이 영수의 창백한 얼굴과 검푸른 입술을 돌아봤다. 영수의 떨림이 멎었다. 그가 눈을 느리게 감았다 떴다. 그의 몸이 앞으로 기울었다. 재경이 황급히 영수를 잡았다. 혜원이 영수에게 건너가 그를 안았다.

"몸을 따뜻하게 해줘야 해요." 혜원이 말했다. 재경이 혜원을 따라 영수를 끌어안았다.

영수는 눈을 감은 채 얕은 잠에 빠져들었다. 가족과 살던 옛 거실에서 잠이 든 어느 날을 꿈꿨다. 창문으로 비바람이 들어왔다. 손과 발이 시려 이불이라도 덮고 싶었지만, 좀처럼 몸에 힘이 들어가지 않았다. 창문을 닫아달라고 가족을 부르다가 곧 아무도 집에 없다는 사실이 떠올랐다. 날아든 빗방울이 얼굴에 부딪쳤다. 영수가 입을 움직여 입술에 고인 빗물을 삼켰다. 며칠 한 끼도 먹지 못한 것처럼 배가 고팠다. 영수의 호흡이 조금씩 느려졌다. 숨을 쉬는 일이 너무 어려웠다.

*

영수가 눈꺼풀을 꿈틀거렸다. 감은 눈 위로 내리쬐는 빛이 느껴졌다. 손발은 여전히 무뎠고 온몸이 나른했지만, 조금씩 주변의 소리가 귀에 들렸다.

"그냥 여기서 기, 기다려요." 선우가 숨을 몰아쉬며 말했다.

"그랬다가 흙이 또 무너지면 어떡하고." 재경이 내는 소리가 영수의 몸을 울렸다.

"별일 없을 거예요. 아까도 지붕은 비껴갔잖아요." 혜원의 목소리도 가까웠다.

"선우 씨 일단 좀 앉아요. 옷이라도 벗어줄까요?" 주호가 말했다.

"다, 다른 데로 간다고 안전하리란 보장도 어, 없잖아요."

"그럼 여기서 구조대 오기만 기다려요? 그러다 다시 비 오면? 주호 형님 휴대폰도 잃어버렸잖아. 누가 언제 올지 알고 기다려."

"소리 지르지 마요." 혜원이 재경을 말렸다. "가요, 가보자고요. 비도 그쳤으니까 위험하다 싶으면 바로 돌아오면 되죠."

영수가 눈을 떴다. 눈앞에 재경의 긴팔 티셔츠가 보였고 사람들의 팔과 몸이 그를 둘러싸고 있었다.

"집 왼쪽에 떠내려온 나무판 있잖아요. 저쪽에 저거, 산책로 표지판 같은 거요." 재경이 말했다. "저게 토사 아래 어디 걸려서 고정되어 있는 것 같으니까 저걸로 옆 비탈까지 가보자는 말이에요. 옆 비탈은 멀쩡하니까 올라가서 산 넘고 제1매표소까지 가면 거기에 전화든 뭐든 있겠지."

"그게 될까요? 오, 올라가는 것도 쉽지 않고 거, 거기도 무너졌으면요." 선우가 입술을 떨며 말했다.

"정상에 올라가면 제1매표소 쪽도 보이지 않을까요?" 혜원이 물었다.

"회장님도 여기로 다시 오, 오신다고 했잖아요."

"여길 어떻게 다시 와요. 잘 도착하기라도 하셨으면 다행이지." 재경이 주호를 힐긋 바라봤다.

"영수 형님도 쓰러졌는데 바로 움직이긴 어려워." 주호가 말했다.

"아니, 업고서라도 지금 가야 한다니까요?" 재경이 목소리를 높였다.

"가자." 영수가 입을 열었다.

"형님." 재경이 물러서서 영수의 얼굴을 살폈다. "괜찮으세요?"

"내가 그 정도도 혼자…… 못 가겠냐? 갈 수 있는 데까진 가…… 봐야지." 영수가 말했다.

주호가 착잡한 얼굴로 하늘을 올려다봤다.

그들이 세운 작전은 단순했다. 더 높은 곳으로 올라가려면 비교적 지반이 단단한 옆 비탈로 건너가야 했다. 옆 비탈과 다람쥐의 집 지붕 사이에는 10미터 너비의 토사가 흘렀다. 산사태에 휩쓸려 내려온 부러진 가지와 뿌리째 뽑힌 관목, 찢긴 천과 금속 조각, 바위 같은 잡다한 잔해가 토사와 한데 뒤섞여 있었다.

그들이 입은 옷을 벗어 밧줄을 만들었다. 천을 찢은 다음 꼬아 단단하게 만들자 9미터에 가까운 줄이 나왔다. 한 사람씩 왼쪽 낮은 지붕으로 자리를 옮겼다. 다섯이 줄지어 앉자 지붕이 빈틈없이 들어찼다.

재경이 밧줄을 쥐고 지붕 밖 토사에 발을 내렸다. 지붕 밑이 모두 잠겼어도 그들이 앉은 곳에서 토사까지 높이가 재경의 키만 했다. 토사에 놓인 재경의 오른발이 단번에 무릎까지 잠겼다. 재경이 서둘러 왼발을 옮겼지만, 오른발이 흙 밖으로 나오지 않아 앞으로 엎어지며 줄을 놓쳤다. 사방에 놓인 나뭇가지와 쓰레기들 때문에 고작 다섯 걸음 남짓 떨어진 판자까지

가는 길이 쉽지 않았다.

"다시 잡아요, 빨리!" 혜원이 외쳤다.

재경이 오른손을 허우적거리다 줄을 잡았고 손을 뻗어 목표했던 나무판에 얹었다. 허벅지가 토사 속으로 가라앉았다. 그가 사람 둘이 겨우 쭈그려 앉을 만한 판자에 상체를 반쯤 올렸다. 무게를 실어보더니 단번에 몸을 들어 엎드렸다. 가슴만 겨우 판자에 댄 채 토사에서 다리를 빼 내어 올렸다.

"안 가라앉네." 재경이 판자를 내려다봤다. "아래 뭐가 있는 것 같아요."

나무판에 앉은 재경과 지붕 끝에 걸터앉은 주호가 밧줄 양 끝을 잡자 줄이 엉성한 집라인처럼 늘어졌다. 재경이 줄을 손목에 감고 줄다리기를 할 때처럼 상체를 뒤로 눕혔다.

혜원이 지붕을 미끄러져 내려갔다. 밧줄을 당기고 놓으며 재경이 선 판자로 달려나갔다. 그녀의 발과 종아리가 토사에 살짝 들어갔다가 빠져나왔다. 판자 끝까지 끌려온 재경이 다가오는 혜원을 피해 몸을 낮췄다.

두 사람이 앉은 판자가 금방이라도 가라앉을 듯 위태롭게 흔들렸다.

"비탈까지가 너무 먼데? 발 디딜 곳을 더 만들어야겠어요." 재경이 말했다. 재경과 혜원이 토사의 유속에도 떠내려가지 않는 물건들 위에 철판과 나뭇가지, 바위를 놓아 비탈로 이어지는 징검다리를 만들었다.

"괜찮겠어?" 주호가 물었다.

"빨리 가면요." 혜원이 대답했다.

"일단 가볼까요?" 재경이 몸을 일으키자 혜원이 황급히 그를 붙잡았다.

"안 돼요. 빠지면 나 혼자 못 올려."

재경이 필사적으로 말하는 혜원을 보며 실소를 터트렸다. "아우, 진짜. 우리 그냥 다 같이 빠져 뒈질까요?"

영수가 오른손을 좌우로 움직이며 뭐라 말했다.

"재경 씨 정신 차, 차리고!" 선우가 소리쳤다. "일단 내가 거기로 갈 테니까 주변 나뭇가지 중에…… 굵은 것만 좀 모아 봐."

혜원과 재경이 놀란 얼굴로 선우를 돌아봤다.

"선생님이 그렇게 전하래요." 선우가 팔짱 낀 손을 풀고 영수의 입을 가리켰다.

"멀쩡하시네." 혜원이 웃었고 재경이 혼잣말을 중얼거렸다. "정신 차리긴, 일은 내가 다 하고 있는데."

두 사람이 영수의 지시에 따라 흩어진 나뭇가지를 줍고 던졌다. 물기를 머금은 나뭇가지는 물을 가득 채운 2L들이 페트병 두 개를 세로로 붙여 드는 듯 무거웠다. 그들이 나뭇가지를 옮기기 위해 엎드리고 일어설 때마다 판자가 부서질 듯 우지직댔다. 어느새 지붕과 판자 사이에 나뭇가지가 주호의 허벅지만큼 쌓였다.

지붕과 판자 양 끝에서 줄을 당기자 엉성한 집라인 줄이 다시 나타났다. 영수가 줄을 쥐고 모아놓은 나뭇가지에 올라섰다. 후들거리는 다리를 움직여 한 걸음씩 나아갔다. 다음으로 선우가 길을 나섰다. 그가 영수 곁으로 걸어가자 나뭇가지가 영수 쪽으로 기울며 영수의 발끝이 잠겼다. 선우가 재빨리 처마 아래로 돌아가 균형을 맞췄다.

"빨리 가야 돼요." 재경이 흐릿해진 하늘을 올려다봤다. 당장이라도 비가 쏟아질 것 같았다.

선우 머리에 밧줄이 툭 부딪쳐 내렸다.

"뭐예요?" 선우가 얼결에 밧줄을 잡고 처마 위를 쳐다봤다.

"저쪽으로 가요." 주호가 말했다.

"사장님은요?" 선우가 처마에 가려 보이지 않는 주호를 보려 머리를 움직였다.

"생각해봤는데요." 처마 밖으로 주호의 얼굴이 불쑥 나타났다. "선우 씨가 일단 갔다가 날 데리러 와야 할 것 같아요."

"예?" 선우가 어리둥절한 얼굴로 물었다.

"뭔데요, 또!" 재경이 외쳤다.

"거기 먼저 건너가라고!" 주호가 대답했다.

선우가 영수에게 밧줄을 건넸고 영수가 혜원과 줄을 잡았다. 이제 줄의 양 끝을 쥔 사람은 제일 먼저 비탈로 건너가기로 한 재경과 그 반대편에서 재경의 무게를 견딜 혜원과 영수였다.

재경이 징검다리를 건넜다. 세 번째 놓인 철판을 밟자 삐거

덕 소리와 함께 철판이 움푹 휘어들어갔다. 재경이 중심을 잃고 몸을 앞뒤로 흔들었다.

"대학원 가야지!" 지붕에 남은 주호가 외쳤다.

재경이 허리를 숙였다 펴며 다음 징검다리로 건너뛰었다. 무릎을 휘청거리다 비탈 가장자리에 자란 나무줄기를 잡았다. 재경이 비탈에 오르자 곧바로 혜원도 징검다리에 올랐다.

무사히 비탈에 오른 재경과 혜원이 주호를 가리켰다. 선우가 줄을 건네받아 처마로 걸어갔다. 주호가 선우를 향해 손을 내밀었지만, 닿지 않았다. 선우가 손을 뻗은 채 발돋움을 하자 발에 밀린 나뭇가지 두어 개가 굴러 흩어졌다. 선우가 허둥지둥 쭈그려 앉아 가지를 모았다.

"그냥 던져." 재경이 말했다.

선우가 재경을 힐긋 보고 경황없이 주위를 쳐다보다가 앉은 채로 줄을 던졌다. 순식간의 일이었다. 혜원과 영수가 허공에 뜬 줄을 놀라 바라봤다. 줄이 곡선을 그리며 휘날렸고 다급히 팔을 뻗은 주호가 외마디 비명을 질렀다. 그들이 숨을 죽이고 처마에 가린 주호를 올려다봤다. 이윽고 처마 밖으로 줄을 든 손이 나타났다.

선우가 퍼런 입술을 힘없이 터뜨리며 웃었다. 그가 주호가 내린 줄 끝을 영수에게 가져갔다.

선우와 영수가 판자에 앉아 주호의 무게를 버틸 준비를 했다. 주호가 줄을 손목에 감아쥔 채 조심스럽게 처마로 내려왔다. 모아둔 나뭇가지는 주호의 발이 닿기 무섭게 가라앉았다. 영수와 선우가 온 힘을 다해 줄을 당겼다. 주호가 나뭇가지 위를 달려나갔다. 영수와 선우가 주호를 피해 몸을 양쪽 끝으로 기울였고 주호가 판자에 무릎을 꿇었다.

그들을 지켜보던 재경과 혜원이 쾌재를 불렀다. 기뻐하는 것도 잠시 세 사람이 앉은 나무판자가 빠른 속도로 가라앉기 시작했다. 선우가 밧줄을 쥐고 징검다리를 달렸다. 첫 번째, 두 번째 다리를 지나 재경이 휘청이던 세 번째 철판을 건너뛰고 마지막 다리로 나아갔다. 마지막 다리에 발을 딛고 선 순간, 몸이 뒤로 기울었다. 선우가 가까운 곳에 뻗어 나온 나뭇가지를 잡았다. 가느다란 가지가 부러질 듯 휘어졌다.

"어어." 선우가 남은 팔을 저었다. 가지가 툭 소리를 내며 꺾였다. 선우가 엉덩이를 뒤로 빼며 팔을 앞으로 내밀었다. 비탈에 선 재경이 선우의 손을 잡았고 혜원이 재경의 어깨를 움켜쥔 채 무게 중심을 뒤로 실었다. 선우의 무릎과 손바닥이 비탈에 닿았다.

"하." 선우가 고개를 들어 혜원과 재경을 바라봤다.

"거봐. 대충 건널 수 있다니까." 재경이 말했다.

선우가 수풀에 대고 헛구역질을 했다.

재경과 혜원이 선우가 들고 온 밧줄의 한쪽 끝을 나무줄기에 두 바퀴 둘러 잡았다. 영수가 줄을 잡았다 놓으며 징검다리를 건넜다. 판자에 마지막으로 남은 주호가 줄 끝을 쥐고 비탈로 건너갈 준비를 했다.

주호가 판자에서 나와 첫 번째 징검다리를, 이어 두 번째로 놓인 바위를 디뎠다. 다리에 체중을 실은 순간 바위가 왼쪽으로 기울었다. 그가 허둥거리며 세 번째 철판을 밟았다. 바위가 뒤집혀 서둘러 두 발 모두를 철판에 올려야 했다. 철판이 가라앉고 주호의 발이 토사에 잠겨 들어갔다. 혜원과 재경이 나무에 두른 줄을 잡아당겼고 선우와 영수도 둘을 당기며 거들었다. 주호의 왼쪽 신발이 벗겨졌고 발이 허공에 튀어올랐다. 그가 발을 파닥거리며 남은 다리를 건넜다. 신발을 신은 발과 양말만 남은 발을 구분하기 어려울 정도로 온 다리에 흙이 잔뜩 묻었다.

혜원이 주호의 다리를 살폈다. 흙이 묻지 않은 곳에만 긁히고 부어오른 상처 네다섯 군데가 보였다.

"어떡하지, 우리 다…… 어떡하죠?" 혜원이 중얼거렸다.

"괜찮아." 주호가 혜원을 다독였다. "다 괜찮아질 거야."

혜원이 옅은 숨을 내쉬었다. 선우가 제멋대로 떨리는 손으로 혜원의 팔을 잡았다.

"어쨌든 건, 건너왔잖아요."

"그것참 힘이 나는 말이네." 영수가 힘없이 빈정거리자 혜원이 웃었다.

"가요." 혜원이 나뭇가지를 젖히고 길을 찾았다. 빗방울이 하나둘 떨어졌다. 혜원과 재경이 선우를 부축하고 주호가 영수를 업었다. 가까운 정상이 눈앞에 다가왔을 때 비가 다시 퍼붓기 시작했다. 서서히 오르던 체온이 급격히 떨어졌다.

그들은 나무 아래서 비를 피하며 구조를 기다렸다. 입이 마르고 턱이 떨렸지만, 함께 붙어 체온을 나눴고 이야기를 이어갔다. 매점을 벗어나 정상에 오르던 일을 그곳에 없던 사람에게 전하듯 상세히 되짚었고 과장된 이야기를 덧붙여가며 영웅담처럼 부풀렸다. 돌아가며 서너 번씩 말했고 서로의 말을 고쳐가며 되풀이했다.

밤이 찾아오자 귓가를 때리는 빗소리가 잦아들었다. 불이 꺼진 휴양림은 마치 모두가 잠든 곳 같았다. 선우가 주머니에 든 빈 '해결사' 봉지를 부스럭거렸다. 젖은 땅에서 서늘한 기운이 올라왔다.

"이제 어떻게들 살, 살 거예요." 선우가 잠긴 목소리로 물었다.

"글쎄……." 영수가 몸을 웅크린 채 중얼거렸다.

"또 찾아봐야죠." 재경이 말했다.

"잘될 거예요, 다들." 혜원이 덧붙였다.

그들이 말없이 산 아래를 굽어보았다. 산봉우리 너머 저 멀리 점점이 찍힌 빛이 보였다. 도로에 토사가 쏟아지고 전기가 끊기고 집이 무너지는 가운데에도 잠기거나 부서지지 않은 집과 차, 가로등이 있었다.

"연락이라도 하고 지냅시다."

주호의 말에 선우가 고개를 끄덕였다.

"그럽시다."

"연락은 해야지."

그들이 서로의 말을 되뇌었다. 하나둘 목소리가 작아지고 마지막까지 대화를 이어가던 혜원과 재경이 입을 다물었다. 풀벌레가 울었고 불어난 계곡물이 돌과 곡벽에 부딪쳐 흘러내렸다. 무수한 나무와 빗소리가 산에 남은 그들을 가렸다. 아직 가시지 않은 흙을 숲에 넣고 감추었다. ■

작가의 말

마주치는 모든 존재가 흐릿하게 보이는 날이 있다. 그런 날에 가장 거리를 두고 싶은 대상은 단연 나인데 그런 날일수록 나를 오래 들여다보게 된다. 종일 곱씹는 일은 한 발 떨어져서 보면 별것도 아니다. 고작 그런 일로 마음이 바닥에 고인다. 땅에 붙어 흐느적거리다 보면 원래 내가 보던 세상이 어땠는지 잊어버린다. 쉽게 잊힌다.

누가 나를 부르면 낯빛을 바꾸고 그 사람이 원하는 바를 들어주려 한다. 평소처럼 말하고, 이유 없이 짜증을 내거나 갑자기 울지 않으려 한다. 그러면 하루를 무사히 보낸 기분이 든다. 그것으로 마음이 나아지지는 않지만, 시작이 된다. 마주 앉아 이야기를 나누다 보면 삼켰던 말이 밀려나오기도 하니까.

마음껏 울고 항의하는 시간은 도움이 된다. 꼭 누군가를 앞에 둔 통곡이 아니더라도.

연재하는 동안 다정한 말을 전해주신 김서해 편집자님께 도움을 받았다. 책이 나오기까지 함께해주신 은행나무출판사의 모든 분들과 백다흠 편집장님께도 깊이 감사드린다. 가까이에서 묵묵히 지켜봐준 가족들에게도 고마움을 전한다.

연재 막바지에 굴에 있던 이들이 잘 살기를 바란다는 후기를 읽었다. 그 말을 읽고 소설이 제 역할을 다 했다고 생각했다. 소설에 대한 후기를 남겨주신 모든 분들께 감사드리고 싶다.

2026년 1월

전예진

매점 지하 대피자들

1판 1쇄 발행 2026년 1월 27일

지은이 · 전예진
펴낸이 · 주연선

(주)은행나무
04035 서울특별시 마포구 양화로11길 54
전화 · 02)3143-0651~3 | 팩스 · 02)3143-0654
신고번호 · 제 1997—000168호(1997. 12. 12)
www.ehbook.co.kr
ehbook@ehbook.co.kr

ISBN 979-11-6737-625-1 03810